今天如何读经典

刘勇　李春雨◎主编

语言大师
今天如何读老舍

石小寒　著

中国人民大学出版社
·北京·

目 录

引 言　市民世界的悲情叙述

　　平民大师：老舍的人与文　// 005

　　市民世界的发现者　// 009

　　含泪的微笑：幽默大师的悲情叙事　// 013

第一章　从胡同走出来的文学大师

　　小胡同的窘迫与硬气　// 021

　　北京的前生和今世　// 032

　　远渡重洋的心态和眼界　// 035

第二章　《骆驼祥子》：小人物的奋斗悲剧

　　穷苦市民的现实与理想　// 044

　　病态社会的不公与法则　// 049

　　人文关怀下的命运悲剧　// 055

第三章 《四世同堂》：国破山河在

风雨飘摇的京城故人 // 066

战火铸造的民族精神 // 072

家国同构的文化传统 // 078

第四章 底层世界的守望者

《月牙儿》：女性的挣扎与沉沦 // 087

《断魂枪》：国术的传与不传 // 096

《老字号》：商人的面子与里子 // 105

第五章 《茶馆》：一曲旧时代的葬歌

末世悲歌下的众生百态 // 115

风云变幻中的社会矛盾 // 126

炉火纯青的戏剧对白 // 130

第六章 《正红旗下》：夕阳无限好

  记忆里的陈年旧事　// 142
  平常人的民族史诗　// 147
  未完成的艺术杰作　// 157

第七章 日常生活的全景展示

  地道纯正的京味儿风俗　// 169
  笑中含泪的幽默风格　// 174
  雅俗共赏的语言艺术　// 180

引言 市民世界的悲情叙述

导读

在中国现代文学史上，老舍的文学成就是多方面的，尤其是其小说和话剧在现代文学史上占据重要地位。其更因对人民的始终如一的关注和对艺术的深刻而独到的理解，被授予"人民艺术家"的荣誉。他出身贫寒，却登上艺术的荣誉殿堂；他是文学的大师，却不忘对穷人的观照。

引言
市民世界的悲情叙述

在中小学课本中，老舍入选的作品最多，他的《养花》《在烈日和暴雨下》《我的母亲》影响了一代又一代人。他的话剧《茶馆》则是中国现代话剧的典范，多次远渡重洋赴海外演出。《想北平》《济南的冬天》等散文成为一座城市的名片。《骆驼祥子》《断魂枪》《四世同堂》等小说跻身世界文学殿堂，成为海内外畅销的文学经典。

经典就注定要面对不同时代的挑战。在互联网时代，文本发生了极大的变化，人们的阅读兴趣也在转移。如今人们更愿意听小说、看电影，或者以游戏的方式体验网络小说的冒险与传奇。在这个以数字化、图像化为潮流的读图时代，碎片式、浏览式的轻阅读成为时尚。与此同时，那些厚重而严肃的经典文学遭受极大的冲击，以至于老舍这等经典作家的作品鲜有人读。然而，经典是一个民族最珍贵的文化宝藏，镌刻着灵魂深处的心灵密码，也在冥冥之中指引生活的未来。

与其他作家相比，老舍对于市民世界的丰富展示是其创作的一大特点。如果说鲁迅主要致力于开掘农民和知识分子的灵魂，那么老舍的创作则照亮了整个市民阶层的生存图景。因为老舍出身于一个贫寒的家庭，所以他更加能感受到底层市民生活的艰辛，并用文学的眼光来烛照市民世界。在老舍笔下，市民生活虽然也有些许温情的慰藉，但更多是因为世道不公和社会黑暗而陷入苦痛的深渊，比如《骆驼祥子》中的祥子和小福子、《月牙儿》中的女孩子等。当老舍描绘底层市民的生活时，也就带上了一层悲情的色彩。

平民大师：老舍的人与文

"平民"和"大师"是20世纪最常见的两个词，但也是最风马牛不相及的两类人。恐怕唯有老舍能让这两个词并不冲突地在一起，而这两个词恰好概括出老舍的为人与为文。

季羡林回忆老舍说："他能一个人坐在大酒缸旁，同洋车夫、旧警察等旧社会的下等人，开怀畅饮，亲密无间，宛如亲朋旧友，谁也感觉不到他是大作家、名教授、留洋的学士。能做到这一步的，并世作家中没有第二人。"[1]

老舍先生

季羡林对老舍的评价是准确的。老舍朋友遍天下，三教九流都能成为他的座上宾，而他身上也没有文人的酸腐气。因为

---

[1] 张光璘. 回忆中国学人及文化问题新思考. 北京：新世界出版社，2016：11.

老舍本就出身贫寒。他说："我昔生忧患，愁长记忆新；童年习冻饿，壮岁饱酸辛。"①老舍可说是中国历代作家中非常贫寒的一位，这让他始终保持着平民本色。因为出身贫寒，老舍饱受歧视，且他所受的教育是平民教育，他的生活经验几乎都来自市民社会，这让他成为一个本分而又善良的人，这也注定了他和平民站在一起。

从1926年正式登上文坛起，老舍就用他独特的视角和风格书写丰富的市民世界。1928年，商务印书馆出版了他的《老张的哲学》《赵子曰》——这是他在英国的牛刀小试，尽管尚不完备，但幽默的语言、浓郁的京味已经引人注目。随后的十年间，老舍进入创作高潮，《离婚》《骆驼祥子》等作品相继问世。至20世纪40年代，老舍声望日隆。1944年4月，为纪念老舍创作二十周年，文艺界推崇他为"新文艺的一座丰碑"②。中华人民共和国成立后，老舍又在戏剧创作领域展现出惊人的天赋，他的《龙须沟》《茶馆》成为东方话剧的典范。党和人民对其卓越贡献给予高度赞扬，并授予其"人民艺术家"的称号。

---

① 老舍.昔年//老舍全集：第13卷.修订本.北京：人民文学出版社，2008：697.

② 邵力子，郭沫若，等.老舍先生创作生活二十年纪念缘起//曾广灿，吴怀斌.老舍研究资料：上.北京：北京十月文艺出版社，1985：244.

【经典品读】

> 昔　年
>
> 我昔生忧患，愁长记忆新；
>
> 童年习冻饿，壮岁饱酸辛。
>
> 滚滚横流水，茫茫末世人。
>
> 倘无共产党，荒野鬼为邻！

老舍为平民写作，是当之无愧的"人民艺术家"。他用全部的心血和笔力记录了中国丰富多彩的市民社会。在这方面，老舍可以与法国的巴尔扎克媲美，他们都拥有百科全书式的气魄和重现历史的雄心。赵园说："在中国现代小说史上，就所提供的市民人物的丰富性与生动性来看，几乎找不到另一位作家可与老舍匹敌。如果将这些人物集合起来，那将是一个完整的市民王国。"[1]

和巴尔扎克善于揭露上流社会的秘辛不同，老舍尤其关注穷人。在老舍的市民王国里，穷人占着显著的位置。作品的主角几无例外是底层市民，洋车夫、巡警、拳师、剃头匠孙七、妓女、鼓书艺人等皆是他同情或者赞扬的对象。老舍写下层人

---

[1] 赵园.老舍：北京市民社会的表现者与批判者 // 张桂兴.老舍评说七十年.北京：中国华侨出版社，2005：350.

民，是因为老舍熟悉他们的生活，懂得他们的困苦。柳青说："离开了生活，大师也可能变成匠人。"[1]老舍写的就是身边的人和事，将全部热情倾注于平民世界，用艺术呈现"平民生活"。

此外，书写平民世界不仅仅是因为熟悉。老舍有明确的人民文学观念，他曾说："文艺者，于是，义不容辞，责无旁贷的，须为士卒与民众写作。"[2]士卒与民众是历史的创造者，文艺表现历史必须以人民为书写对象。

2008年度诺贝尔文学奖获得者、法国作家克莱齐奥称老舍为师者，并在法译本《四世同堂》序言的结尾写道："老舍以大师的眼光，给我以启迪。"[3]所谓大师，不是高高在上俯瞰众生，也不是云游天下不食人间烟火；真正的大师要为天地立心，为生民立命，大师有责任和平民并肩而立。在"大师"横行的时代，回顾老舍的人与文，重现"人民艺术家"的风采，就是今天读老舍的意义。

---

[1] 柳青.二十年的信仰和体会//柳青文集：第4卷.北京：人民文学出版社，2002：276.

[2] 老舍.一年来之文艺//老舍全集：第14卷.修订本.北京：人民文学出版社，2008：153-154.

[3] 李乃清，郭汝菁，苏慧.彼得·汉德克：不写作的时候，我就是一个混蛋.南方人物周刊，2016（33）.

市民世界的发现者

在黄仁宇看来，中国社会大转型的本质是农业之系统向商业之系统的变迁。晚清以降，随着制度变革、器物变革和思想变革的渐次发生，中国社会发生了巨大的变化。随着商业经济的发展，市民阶层逐渐壮大。老舍可以说是市民世界的发现者，进而市民世界在老舍的文学世界中得以彰显。

假如说鲁迅创作的一些小说是将目光投向被时代遗忘的老中国儿女，也就是农民阶层，那么老舍则是将目光聚焦在市民阶层。

在鲁迅的小说世界里，他笔下的小说人物大致可以分为两类——农民和知识分子。在当时还是青年学生的李长之看来，鲁迅"写现实生活的作品大抵没有写回忆中的农村的成功"[1]。"现实生活"自然是指鲁迅当时生活在城市的所见所闻。在李长之看来，鲁迅适合写农村题材而不擅长写都市题材。

---

[1] 李长之.鲁迅批判.北京：北京出版社，2003：23-24.

李长之在1935年曾写成一本关于鲁迅及其作品的批评专著，并得到鲁迅的审阅和校正。他在论及为什么鲁迅更擅长写关于农村生活的作品时这样写道："鲁迅更宜于写农村生活，他那性格上的坚韧，固执，多疑，文笔的凝炼，老辣，简峭都似乎不宜于写都市……都市生活却不同了，它是动乱的，脆弱的，方面极多，局面极大，然而松，匆促，不相连属，像使一个乡下人之眼花缭乱似的，使一个惯于写农民的灵魂的作家，也几乎不能措手。在鲁迅写农民时所有的文字的优长，是从容，幽默，带着抒情的笔调，转到写都市的小市民，却就只剩下沉闷、松弱和驳杂了。"[1]

童年时常常跟母亲回乡下探亲的鲁迅，因此得以熟悉农村的人与事，并在作品中表现出来。我们中学时即熟悉的鲁迅的小说《孔乙己》《故乡》《社戏》《祝福》，全都是以农村为背景的。20世纪20年代在北平的鲁迅，面对寂寞的个人生活和前景黯淡的社会，回忆里依旧充满了"那些少年时受自农村社会的悲凉的回忆"[2]。

在李长之看来，鲁迅擅长写农村题材的小说，得益于其童年在农村生活的见闻。其之所以不擅长写都市生活题材的小说，是因为成年后的鲁迅不愿与社会的人和事直接打交道，而

---

[1] 李长之.鲁迅批判.北京：北京出版社，2003：95.
[2] 同[1] 47.

更愿意独处和思考，所以看报便常常是他了解社会上发生了什么事的渠道，这样自然阻碍了他对都市生活产生进一步的了解和领悟，他也就难以创作出色的都市生活题材的小说。李长之认为，1925年后鲁迅创作减少，与他和他的农村经验已全部融会在小说中，并随着小说的发表而穷尽，而自身创作素材却难以得到新的补充有关。

鲁迅对市民世界始终无法以一种更加切身的方式予以介入，因而其在创作中自然无法呈现市民世界。老舍则不然，他出身平民家庭，出入街坊邻里，耳濡目染之间全是市民生活的所见所闻。他不必费多么大的力气，就可以从市民生活中撷取一些素材，运用到自己的创作中。正如老舍自己所言："生在某一种文化中的人，未必知道那个文化是什么，像水中的鱼似的，他不能跳出水外去看清楚那是什么水。"[1]诚然，老舍在这里是说人生长在一种文化中，不能对这种文化做出客观的认识。但从另一个方面看，生长在某一文化中，并与此文化始终保持亲密的联系，对于一位作家的创作来说则是得天独厚的优势，使他的创作如鱼得水一般得心应手。老舍对于市民世界的发现就是这样。

老舍对于市民世界的呈现，既有文化上的展示，又有世态

---

[1] 老舍.四世同堂//老舍全集：第4卷.修订本.北京：人民文学出版社，2008：91.

人情的考察，还有一些关于老北京传统民俗的展示。看老舍的小说，往往有一种身临其境之感。这不仅是因为老舍对于人物刻画精当，还与其对环境细致入微的描写有关，试看《骆驼祥子》中的一段：

"看见了人马的忙乱，听见了复杂刺耳的声音，闻见了干臭的味道，踏上了细软污浊的灰土，祥子想爬下去吻一吻那个灰臭的地，可爱的地，生长洋钱的地！没有父母兄弟，没有本家亲戚，他的唯一的朋友是这座古城。这座城给了他一切，就是在这里饿着也比乡下可爱，这里有的看，有的听，到处是光色，到处是声音；自己只要卖力气，这里还有数不清的钱，吃不尽穿不完的万样好东西。在这里，要饭也能要到荤汤腊水的，乡下只有棒子面。才到高亮桥西边，他坐在河岸上，落了几点热泪！"[1]

从这段描写中，我们似乎也跟着祥子经历了重返北平时的狂喜和劫后余生的感激。老舍以其绝妙的创作为我们呈现了一幅关于北平文化的市民风景图。正因老舍格外熟悉他自小生活于其中的市民世界，他笔下的人物才格外传神和富有生命力。而市民世界也因老舍的创作在文学中得到新的阐发和衍生。

---

[1] 老舍.骆驼祥子//老舍全集：第3卷.修订本.北京：人民文学出版社，2008：30-31.

含泪的微笑：幽默大师的悲情叙事

老舍是幽默大师，也不少使用讽刺，或者幽默与讽刺本就连在一起很难区分。但概而言之，读者能感受到鲁迅更多的是讽刺，老舍则重幽默。幽默和讽刺的界线在哪里？学界对此有很多的争议，也不乏真知灼见。有的学者认为讽刺是恶意的，幽默是善意的；也有的学者说幽默是宽容的，讽刺则是苛刻的。

老舍和鲁迅一样都对国民性进行批判，就出发点而言，他们无疑都是善意的，批判也是为了国民的觉悟、民族的富强。他们身上都体现出爱之深、责之切。就态度而言，老舍和鲁迅都既有宽容的一面，也有苛刻严厉的一面。老舍对老年人格外宽容，鲁迅则有明显的"幼者本位"倾向。老舍笔下的老马、张大哥这类人无用、无害、敷衍了事，然而在老舍看来，他们已是中老年人，是受旧时代旧社会毒害的一代，而且迟早要退出历史舞台，责怪他们又能如何呢？对一个无用的老头又能如何呢？能用大棒打他吗？所以，老舍对于笔下的老马、张大哥等都采用了幽默的写法，既看到人物的缺点，却又不赶尽杀绝。如他描写祁老人就带着玩笑的方式。他用幽默的口吻说这位老人：当日本入侵北平的时候，他只在乎"存着全家够吃三个月的粮食与咸菜"[①]，在他看来，只消"关上大门，再用装满石头的破缸顶上"[②]，便足以消灾避祸。

鲁迅偏爱青年，他对青年的爱护是众所周知的——老舍刚好相反。对比一下老舍对张大哥父子的态度就能看清楚这点。父子对比而言，张大哥的缺点只多不少。张天真有什么毛病呢？他唯一的毛病就是长大后有可能成为张大哥第二。但老舍对他可一点儿不客气，完全是苛刻的讽刺。不唯《离婚》，老舍对青年一代都有近乎苛刻的要求，能用讽刺绝不幽默。因此，读者往往不喜欢老舍笔下的新派市民，无论是浅薄奸猾的西恩还是正直稳重的老李、瑞宣，读者都不太买账，因为阅读这类人完全没有读老派市民时候的轻松愉悦，相反，会感受到纠结和尖刻的不舒服感。这就是讽刺。如《四世同堂》里的青年一代，老舍对瑞丰、胖菊子完全没有好感；即便是对处事稳重的长孙瑞宣，老舍也多表现他内心的纠葛与挣扎。老舍不喜欢青年一代模棱两可的生活方式，不愿意左右逢源的老派圆滑沿袭至第三代族人。在老舍看来，理想不是中老年人的事业，所以对他们采取宽容的方式；而

---

① 老舍.四世同堂//老舍全集：第4卷.修订本.北京：人民文学出版社，2008：3.
② 同①.

引言
市民世界的悲情叙述

青年却肩负着未来的重任，务必要对他们严加管教，避免他们重蹈覆辙。

老舍和鲁迅对待青年和老年的不同态度只是表象，从中可以窥探两位作家不同的思维方式。鲁迅希望用决然的态度割裂和过去的联系，以全新的自我或者空白的青年为基础重建华夏。而老舍能够接纳不完美的过去与现实，用幽默的方式处置既定存在。

老舍幽默的另一面，则是他对市民世界的悲情叙事。如果说幽默是老舍对市民阶层缺点的温情的批判，那么，当面对市民们的苦难时，老舍则往往收起他的风趣和幽默，而采取一种悲情叙述。在《月牙儿》《断魂枪》中，读者都可以体会到这样一种沉重的感情。

底层市民所遭受的磨难，在很大程度上是由社会的黑暗造成的。平民缺乏政府和法律的保护，随时有陷入困顿的危险。老舍对底层市民苦难的叙述，来源于他对底层市民的同情，以及对光明、合理和幸福的世界的呼唤。

除了当时的黑暗社会给予底层市民的生路有限，现代市场社会之"以物的依赖性为基础的人的独立性"[1]也在暗示个体出路前景的渺茫。

---

[1] 马克思，恩格斯. 马克思恩格斯文集：第8卷. 北京：人民出版社，2009：2.

高力克在其著作《五四的思想世界》中对市民社会有过这样的一番论述："市民社会作为一种市场社会和契约社会，其基本的价值观念是个人主义。个人主义的兴起，表征着现代社会人的'精神个体'或'主体性'的生成。现代社会这一主体之'特殊性'的分化，亦即马克思所谓从'人的依赖关系'到'人的独立性'的社会形态变迁"[1]。当人的独立性以物的依赖性为基础时，实际上则是暗示自身的异化。人越依赖"物"，在"物"上面投注越多的时间和精力，"物"反作用于人的力量就会越大，而人则会丧失自身发展的可能性。

就像《骆驼祥子》中的祥子一样。祥子放弃了老家传统的耕作方式，来到城里以拉车为生。祥子生活方式的改变，反映了人类从"人的依赖关系"到"以物的依赖性为基础"的社会形态变迁。但是，祥子的生活并未因为生产方式的进步而有所收获，相反，祥子的几次"买车""丢车"和"卖车"的经历，最终使祥子一蹶不振，成为一个没有希望的行尸走肉。祥子的悲剧不仅在于当时社会的黑暗，还在于现代市场社会之"以物的依赖性为基础的人的独立性"自身所蕴含的不确定性。祥子过于依赖人力车带给他的收入，以至于忘记了自身发展的其他可能性。

---

[1] 高力克.五四的思想世界.北京：东方出版社，2019：64.

【我来品说】

1. 人们称老舍是巴尔扎克式的作家,你从老舍的文章中有没有体会到"非巴尔扎克式"的部分?如果有,那一部分又是什么?

2. 老舍笔下的市民世界有何特点?蕴含了老舍怎样的情感和关怀?

第一章 从胡同走出来的文学大师

导读

老舍是怎样从小胡同走向世界的?而大杂院与世界文坛高地又是怎样形成对接的?这将涉及老舍的生命本原、文化底蕴以及眼界等方面。

小胡同的窘迫与硬气

1899年2月3日,是旧历的"小年",一个贫寒的旗人家庭中诞生了一个新的生命,这个孩子就是老舍。"小年"的第二天又恰逢"立春",父亲给老舍取名庆春。家里添丁又逢节庆,原本应该是高兴的事,但对于老舍一家而言却难言喜庆。生老舍的时候,母亲已经41岁,高龄产妇本就非常危险,加上营养不好,也许还有点煤气中毒,母亲失去了知觉。寒冬腊月,昏厥中的母亲无法顾及婴儿,老舍被赤裸裸地晾在那里,奄奄一息。幸得已经出嫁的大姐赶到,把他揣在怀里,这才保住了他的小命。

老舍出生于北京新街口附近一个很不起眼的小胡同。胡同的名字叫小杨家胡同,因形状奇特,且居住的十多户人家都是贫困的人家,有糊棚的、当兵的、卖艺的、做小买卖的、当伙计的、卖苦力的、当仆人的,故被称为"小羊圈胡同"。老舍在《四世同堂》和《正红旗下》都曾经写过这个胡同,那是40多年后的写作,可见老舍对这个胡同印象之深刻。

如今小羊圈胡同所在地的房价早已价值连城，但在清末民初此地却是一个贫民窟，在这里居住的多为贫寒的旗人和汉人，其中就有老舍一家。北京城的下层旗人失去了"铁杆庄稼"，又一时难以学到多少谋生手段，为饥寒所逼迫，大批涌入城市贫民的生活行列。

年轻的老舍，贫寒至极，与这些苦同胞们在命运上休戚与共；成了作家以后，他也一直关注着这群苦同胞的遭遇。性格各异的底层百姓，被作家不断地引进他那些不朽的作品中，成就了中国文学画廊上一个个令人难忘的艺术典型。

老舍出生时，父亲并不在家，日后他的父亲也多数缺席，以至于老舍对父亲的印象极为模糊。老舍对父亲的印象是"面黄无须"。不过，老舍却对父亲的死印象深刻——那是他的国仇家恨。

老舍父亲死于1900年八国联军进攻北京的时候，当时老舍只有1岁半。对任何人而言，幼年失怙的创伤都是巨大的。精神的创伤无法排解，物质上的损失却必须想办法解决。没有父亲的俸银，老舍一家更加捉襟见肘。没有生活来源，老舍的母亲只好去赊欠。但是，老舍的母亲却极为硬气。老舍回忆道："母亲只要一有了钱，立刻就要去还清，这一方面是母亲希望自己能够活得尽量理直气壮些，一方面也是母亲的习惯，做人就要实实在在。"但还完钱，"母亲手里捏着剩下的钱，心里想着，头上的汗就冒出来了,一个月的苦生活又开始了"[1]。

老舍父亲之死

《庚子京师哀恤录》(第四卷)中对老舍父亲之死有简略的描述:"护军瑞升、承通、林安、玉庆、春喜、祥林、松桂、永寿、文禄、常升、常海、松惠、海全、桂升、双寿,均于上年七月在天安门等门驻扎,二十一日对敌阵亡。"[2]此中的"永寿"就是老舍父亲。

在《神拳》后记里,老舍对父亲有一段更为详细的描写:"我不记得父亲的音容,他是在那一年与联军巷战时阵亡的。他是每月关三两饷银的护军,任务是保卫皇城。联军攻入了地安门,父亲死在北长街的一家粮店里。那时候,母亲与姐姐既不敢出门,哥哥刚九岁,我又大部分时间睡在炕上,我们实在无从得到父亲的消息——多少团民,士兵,与无辜的人民就那么失了踪!多亏舅父家的二哥前来报信。二哥也是旗兵,在皇城内当差。败下阵来,他路过那家粮店,进去找点水喝。那正是热天。店中职工都早已逃走,只有我的父亲躺在那里,全

---

[1] 石兴泽,刘明.老舍评传.北京:中国社会出版社,2005:10.
[2] 傅光明.老舍家世考.广播电视大学学报(哲学社会科学版),2012(2).

身烧肿，已不能说话。他把一双因脚肿而脱下来的布袜子交给了二哥，一语未发。父亲到什么时候才受尽苦痛而身亡，没人晓得。"①

老舍的母亲姓马，没有人知道她的名字，有关研究资料中都称她马氏，或者老舍母亲。在老舍的记忆里，母亲的手终年都是鲜红微肿的。老舍小说《月牙儿》里有如下几段文字，写"母亲"的辛苦：

"妈妈整天地给人家洗衣裳。"

"有时月牙儿已经上来，她还哼哧哼哧地洗。那些臭袜子，硬牛皮似的，都是买卖地的伙计们送来的。妈妈洗完这些'牛皮'就吃不下饭去。"

"妈妈的手起了层鳞，叫她给搓搓背顶解痒痒了。可是我不敢常劳动她，她的手是洗粗了的。她瘦，被臭袜子熏的常不吃饭。"②

老舍对《月牙儿》中的母亲辛苦劳动的详尽描述，无疑来

---

① 老舍.神拳：后记//老舍全集：第11卷.修订本.北京：人民文学出版社，2008：619.

② 老舍.月牙儿//老舍全集：第7卷.修订本.北京：人民文学出版社，2008：257.

自老舍真实的心理感受。小时候，老舍母亲就是这样终日不停地劳作的。老舍父亲去世时，哥哥不到10岁，三姐12岁，老舍才1岁半。老舍母亲以她坚强的性格和终年劳作独立支撑起破碎家庭的一片天。为维持生计，母亲或者到有钱人家当佣人，或者给来京城打工的洗衣做活，或者白天出去打工，晚上熬夜给人洗衣做活。

母亲以柔弱的双肩独自挑起沉重的家庭生活重担。她要儿女相信：只要手脚不闲着，生活就有希望。而"手脚不闲着"，也就是勤奋，便是影响的具体表现之一。老舍的一生是勤奋的一生，做什么都使出全力。

老舍曾深情地说："从私塾到小学，到中学，我经历过起码有二十位教师吧，其中有给我很大影响的，也有毫无影响的，但是我的真正的教师，把性格传给我的，是我的母亲。母亲并不识字，她给我的是生命的教育。"[1]老舍母亲以坚强的个性教育老舍，用勤奋的劳作和博大的爱心影响老舍。母亲影响了老舍的生活，影响了老舍的性格，在某种程度上也影响了老舍的创作。

---

[1] 老舍.我的母亲//老舍全集：第14卷.修订本.北京：人民文学出版社，2008：328-329.

【经典品读】

> ### 《正红旗下》中关于母亲的描写
>
> 与姑母相反，母亲除了去参加婚丧大典，不大出门。她喜爱有条有理地在家里干活儿。她能洗能作，还会给孩子剃头，给小媳妇们铰脸——用丝线轻轻地勒去脸上的细毛儿，为是化装后，脸上显着特别光润。可是，赶巧了，父亲正去值班，而衙门放银子，母亲就须亲自去领取。我家离衙门并不很远，母亲可还是显出紧张，好像要到海南岛去似的。领了银子（越来分两越小），她就手儿在街上兑换了现钱。那时候，山西人开的烟铺……和银号钱庄一样，也兑换银两。母亲是不喜欢算计一两文钱的人，但是这点银子关系着家中的"一月大计"，所以她也既腼腆又坚决地多问几家，希望多换几百钱。有时候，在她问了两家之后，恰好银盘儿落了，她饶白跑了腿，还少换了几百钱。

老舍依靠勤奋，从小学、中学到师范，学习都很优秀。他在三中读书的时候，周围有些富家子弟，不好好学习。老舍生怕沾染坏习惯，给自己起了个表字叫"醒痴"，告诫自己：如果不思进取，随波逐流，就会堕入"痴人"行列。

第一章
从胡同走出来的文学大师

老舍在夜校学习，取得了好的英语成绩，赢得了出国教学、改变命运的机会。老舍是在英国伦敦开始走上文学创作道路的；倘若在国内，陷在事务之中，他可能不会当作家，中国和世界文坛上也就没有老舍这个响亮的名字。

依靠勤奋，他以师范毕业生的学历走上大学讲堂，同时讲授几门功课，赢得了学生的赞誉。

依靠勤奋，他在繁重的行政事务工作中取得了显赫的创作成就，被誉为文艺界的劳动模范……老舍是文艺界的牛——勤奋工作的老黄牛。

老舍一再告诫青年作家，要勤奋。新中国成立十周年的时候，老舍曾经写过一篇文章《勤有功》，说勤劳是一种好习惯、好品格。他谆谆告诫青年作家，要勤学苦练。

勤奋，是老舍扼住命运的咽喉、从小胡同走向世界的生命密码，是他改变命运、从大杂院的苦孩子成长为大作家的人生秘诀。

老舍很看重这一点。他说："假若我没有这样的一位母亲，我之为我恐怕也就要大大的打个折扣了。"[1] 勤劳是人们改变生存境遇的关键，也是实现梦想的必要路径。

另外，母亲要强和体面的性格对老舍影响极大。老舍在

---

[1] 老舍. 我的母亲 // 老舍全集：第14卷. 修订本. 北京：人民文学出版社，2008：326.

《我的母亲》里曾经这样回忆:"他们作事,我老在后面跟着。他们浇花,我也张罗着取水;他们扫地,我就撮土……从这里,我学得了爱花,爱清洁,守秩序。这些习惯至今还被我保存着。"[1]老舍的散文名篇《养花》不仅讲述了养花的乐趣,更反映着其人生的品位——虽然不是名贵花卉,但那努力绽放的态度和勇气展现出高尚的品质。

穷人的尊严是别人给的,更是自己挣的。老舍回忆道:"有客人来,无论手中怎么窘,母亲也要设法弄一点东西去款待。舅父与表哥们往往是自己掏钱买酒肉食,这使她脸上羞得飞红……遇上亲友家中有喜丧事,母亲必把大褂洗得干干净净,亲自去贺吊——份礼也许只是两吊小钱。"[2]

老舍说:"我自幼便是个穷人,在性格上又深受我母亲的影响——她是个愣挨饿也不肯求人的"[3]。老舍受母亲的影响,十分重视自己的尊严。如果把精神看得重,那么物质上吃点亏也就不算什么。老舍说自己的母亲"最会吃亏"。凡是她能做的都有求必应,不管自己多忙、多累,都从不拒绝。

---

[1] 老舍.我的母亲//老舍全集:第14卷.修订本.北京:人民文学出版社,2008:327.

[2] 同①.

[3] 老舍.我怎样写《老张的哲学》//老舍全集:第16卷.修订本.北京:人民文学出版社,2008:163.

第一章
从胡同走出来的文学大师

"吃亏是福"是民间广为流传的习语,也是老舍母亲一生信奉的格言。受母亲影响,老舍也经常吃亏,甚至是甘愿吃亏。舍予、老舍,自然是由舒字拆开得来,但其中内蕴的含义也极为明显——舍己为人、牺牲自我。老舍"对一切人与事,都取和平的态度,把吃亏看作当然的"[1]。正是由于信奉这一套人生哲学,老舍有自己为人处世的行为方式。

怎么为人——老舍交友广泛,所谓三教九流、五行八作,但多数是贫困者。他热情地帮助每一个需要帮助的人,亲戚朋友自不必说,路人陌生人向他求助,他也从不拒人于千里之外。

如何处世——老舍勇于担当。很多事情明知吃亏,但只要有益于国家民族,他就决不推辞。抗战期间,他全力操持文协工作,不但没有任何报酬,反而牺牲了自己的时间和健康。他工作繁忙,又没钱补养,以致因贫血住院,但仍然咬牙坚持,直到抗战胜利。此事赢得了文坛内外的敬佩。

吃亏不是一味忍让,有些事可以敷衍,但有些原则却不能触碰。这种软而硬的性格是老舍母亲馈赠给老舍的宝贵品性。老舍说,母亲"软而硬的性格,也传给了我。我对一切人与事,都取和平的态度,把吃亏看作当然的。但是,在作人上,我有一定的宗旨与基本的法则,什么事都可将就,但不能超过

---

[1] 老舍.我的母亲//老舍全集:第14卷.修订本.北京:人民文学出版社,2008:328.

自己画好的界限"①。这就是老舍的性格,外圆内方的性格如同老舍笔下的他的朋友。他在《何容何许人也》中说何容:善于敷衍,也可以敷衍,但要看什么人什么事,是否符合做人的原则(何容的原则的主要内容是传统礼教中的礼义廉耻和孝悌忠信)。他说何容:当何容硬的时候,不要说巴结人,就是泛泛地敷衍一下也不肯。何容坚硬如铁,连一分钟也不肯白白地花费,不管人家多么难堪。这写的是何容,也是老舍自己。

老舍从苦孩子成为大作家,小胡同、大杂院的经历奠定了老舍的未来。他没有富足的物质财富,但小胡同却补偿给了他一笔精神财富。多年以后,他以无限的情思回忆童年生活,写下了下面的文字:"我这个孤儿假若没有这样的一个家庭,或假若我是今天搬到这里明天搬到那里,我想我必不会积存下这些幅可宝贵的图画……我的一切都由此发生,我的性格是在这里铸成的……那是我的家,我生在那里,长在那里,那里的一草一砖都是我的生活标记。"②

小胡同是老舍一生的起点,这里的生活经历为他日后成为作家积累了足够的创作材料。应当说,这一点是不难从老舍

---

① 老舍.我的母亲//老舍全集:第14卷.修订本.北京:人民文学出版社,2008:328.

② 老舍.小人物自述//老舍全集:第8卷.修订本.北京:人民文学出版社,2008:283-284.

毕生的多种成就中得到印证的，他的呼吸、他的经历、他的气质、他的感情……都是从这里开始生成、放射与升华的。老舍的精神之根、生命之源就在他出生的小胡同，在那里，母亲和邻居赋予他勤奋、要强的性格和最深广的同情心——这为他日后成功奠定了基础。

【我来品说】

1. 你是否赞同老舍对"穷人的尊严"的理解？

2. 如果你处于穷困的境地，你会选择尊严还是金钱？为什么会做此选择？

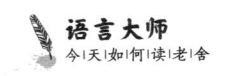

北京的前生和今世

如果说老舍的精神之根在他出生的小胡同，那么老舍的文化之根则在北京城。北京文化对老舍的影响不言而喻。老舍有许多重要的作品都是写北京的，如《骆驼祥子》《月牙儿》《四世同堂》《龙须沟》等作品。

作家眷恋童年故地原本是常见现象，发生在老舍身上也并不令人意外，但关纪新对此现象的进一步分析却让我们得以窥探到旗人文化的一角，也令我们得以明了老舍的艺术源泉和文化底蕴。据关纪新描述，旗人在皇亲国戚优越感的背后也有不为人知的苦涩和无奈。

旗人就是这样一群外表光鲜，但内心实苦的人。自清初确立"八旗制度"以来，下层的旗人们从一出世起，就注定了要当兵。不是他们想当兵，而是他们不被允许从事任何经济活动，也不被允许擅离驻地，他们只可以居住在本旗驻防地域之内。这就是为什么老舍的居住地——正红旗和正黄旗驻地历经200余年都未变动的原因。清朝用这种族规约束自己的族人，就不难让人理解他们闭关锁国的国策了。

其实,满族人是游牧民族出身,他们的血液里流淌的是剽悍的骑兵的血液,他们活泼好动,但入关之后,他们却自我禁锢在一个狭小的区域。骑兵住进了紫禁城,如同空中霸主海东青被关进了笼子。躁动的心灵无法被安抚,强悍的生命力无处宣泄。满族人身上那活泼的血液需要找到新的突破口。他们把艺术作为调节生活和慰藉心灵的方式。关在笼子里的海东青逐渐变成了金丝雀,曾经剽悍的骑兵成了优雅的文人。

200年来,满族人不仅在诗词歌赋、吹拉弹唱方面表现出惊人的天赋,而且把艺术带进了生活,他们在日常礼仪、生活趣味、言语交谈等各个方面表现出丰富的艺术感。

满族有一套优雅的礼仪。但不同于传统的儒家礼仪的教化的政治功用,满族的礼仪更注重的是艺术性。比如《正红旗下》福海利落好看的请安,让每个老太太都赞叹不已。而老舍也是带着欣赏的眼光看待这套说辞和动作的。福海无疑是体面、排场和气派的,更是艺术的。

老舍的文化底蕴则源自古城北京。北京赋予老舍古老深厚的文化底蕴。深厚的文化底蕴和历史渊源,成就了老舍博大宽广的气量。北京拥有古朴的故居风貌和传统的北京韵味,人置身于此,仿佛生命在广阔的无限中得以悠远绵长。

北京赋予老舍雍容华贵的文化底蕴。紫禁之气势磅礴,祈年之穹宇璀璨，契阔恢宏如十里长街，雍容华贵如王府宅院——这种建筑，让人不自觉肃然起敬。北京对于老舍而言，是取之不尽的文化宝藏、艺术源泉。

2006年，北京市高考作文题目是"北京的符号"，结果，过半数考生选择的题目是"北京的符号——老舍"。的确，老舍已经是北京的符号，和故宫、天桥一样成了北京文化的象征，是北京的一张文化名片。如同老舍离不开北京一样，北京同样被打上了老舍的印记。

【我来品说】

1. 北京赋予老舍古老深厚的文化底蕴，你认为除此之外，北京还给老舍带来了什么？

2. 通过感受北京的文化底蕴，思考你所在的城市为你带来了哪些独特的文化或者性格？

远渡重洋的心态和眼界

一个人应当把自己的根深扎在自己的故土上，这可以让他在迷茫的时候有所皈依。但如果一个人一辈子局限在故土上，那他永远不会享誉世界。一位了不起的小说大师应该逍遥地遨游在艺术的世界中，无拘无束。

"五四"开阔了老舍的眼界，老舍说"'五四'运动送给了我一双新眼睛"[1]。如果没有"五四"，老舍一辈子不会成为享誉世界的大作家。这个充满魅力的时代让老舍打开了眼界。他可以深入中国几千年的历史，反思自身的传统文化，又感受到现代西方的强烈冲击，畅想国家和民族的未来。他在历史长河中寻找属于自己的领地，在沧海桑田的变迁中写出五味杂陈的人生。

老舍的作品具有历史感。他处在大时代，经历过"旧时王谢堂前燕，飞入寻常百姓家"的时代变迁。更重要的是，老舍

---

[1] 老舍. "五四"给了我什么. 解放军报，1957-05-04.

五四运动

具有现代眼光。他已经不再是封建时代的遗老遗少,而是一代新人,这让他跳出了历史循环的怪圈。

接受了新的思想的老舍于1924年9月14日乘德万哈号客轮抵达伦敦,被英国伦敦大学东方学院聘为该院中文讲师。英国是老舍文学起步的关键,跨出国门的这第一步和"五四"拥有同样不可忽视的意义。

在英国伦敦,老舍创作了三部长篇小说,分别是《老张的哲学》《赵子曰》《二马》,成为一名业余作家。

据老舍说,他来到伦敦大学东方学院教学,周末无事可做,十分无聊。为了打发寂寞,他大量阅读小说,阅读成为一项重要内容。在阅读中,老舍勾起了对故国和家乡的回忆,过去的一幕幕如图画般在脑海中闪过。他信马由缰,漫不经心地走上了创作道路。

第一章
从胡同走出来的文学大师

1929年6月,老舍离开英国,去了法国、荷兰、比利时、瑞士、德国和意大利,又于1929年秋在新加坡华侨中学教书半年,1930年回国。此时,他已经创作了《老张的哲学》《赵子曰》《二马》《小坡的生日》四部长篇小说。他把自己对于西洋和南洋的印象写进了书里,将自己的世界旅途的经历写进了书中。

2003年11月25日,英国文物遗产委员会决定将St. James's Gardens的老舍故居列为"英国遗产",以纪念这位杰出的中国作家。当时,这是700多处英国遗产中唯一一处为一位中国人挂的牌子(目前已有三位,老舍之后是孙中山和艺术家蒋彝),也是第一块上面有中文的"英国遗产"牌子,牌子上分别用英文和中文写着"老舍"的字样,并注明他是一位中国作家,1925—1928年曾在此居住。

这标志着老舍在世界作家中的地位。老舍在时代大潮影响下前进,逐渐走出小胡同生活的视阈,成为个性卓异、影响巨大的作家。

第二章 《骆驼祥子》：小人物的奋斗悲剧

导读

1936年，正担任山东大学教授的老舍大胆地做出了一个关乎人生职业的重要选择——他果断地辞退了现有工作，希望可以专心写作进而成为一名职业作家。毋庸置疑，老舍这一职业转型不仅使得《骆驼祥子》这部作品成功打响了他写作的第一炮，更为中国现代文坛添上了浓墨重彩的一笔。在此期间，在家专心写作的老舍凭借感人肺腑的故事情节和精湛的文笔功底，使得《骆驼祥子》家喻户晓、名满九州。时隔80余年后，当我们再次捧读这部名著，我们仍旧可以感受到老舍创作时所产生的同情与感慨。

第二章
《骆驼祥子》：小人物的奋斗悲剧

　　作为杰出的市民小说家，老舍的《骆驼祥子》已然成为中国现代文坛描写市民生活的代表佳作。与以往的作品相较，《骆驼祥子》构思奇特，作家以平凡小人物的生活为背景进行创作，充分地展现了祥子的变化过程。这不仅仅表现为其由乐观的理想主义者到个人主义的末路鬼的转变，更体现为其内在精神的崩塌与沉沦。如今，重读这部经典巨著，小人物自身的悲欢离合与车夫群体的梦想幻灭依旧可以使读者产生共鸣，为之怅惋。

　　一部作品的成功必然与作者的细心观察和深厚的文学功底不可分割。在创作《骆驼祥子》之际，中国正面临极为严重的内外忧患，一份稳定的工作在当时更是可遇而不可求。但老舍为了完成材料的搜集与作品的撰写，果断地辞退了山东大学教授这份优渥的工作。而实践证明，这一选择也成功地使老舍步入了职业作家的行列。在写作的过程中，他不仅注意观察车夫外在衣冠以及言行举止，更是对其内心世界进行了全面的剖析。正是由于前期准备工作

的完备，《骆驼祥子》在情节设置以及人物塑造等方面都取得了莫大的成就。

在历史的检验下，《骆驼祥子》已然得到了不同时期人们的认可与关注。虽然老舍大胆承认作品结尾的粗糙，但瑕不掩瑜。这部扛鼎之作充分地展现了以祥子为代表的底层市民在社会的压榨下逐渐将自己原有的乐观与自信消磨殆尽，从而呈现出一部崩溃哀婉的血泪史，引发众多读者与之共情，这足以彰显这部作品的成功。而其中所蕴含的文学意义与现实价值更使得《骆驼祥子》荣选为中学生必读书目，扩大了小说的受众群体。除此以外，作为市民小说的代表作，《骆驼祥子》更是中国市民在动荡年代生活现状的缩影，因此引得众多海外学者研读探究[1]。

---

[1] 谢淼.《骆驼祥子》在海外的传播与接受.民族文学研究，2012（4）.

第二章
《骆驼祥子》：小人物的奋斗悲剧

今天我们重新品读这部经典，在同情祥子的悲惨遭遇的同时，也应思考并探索这命运悲剧形成的深层原因。当乐天知命的豁达被悲惨残酷的社会现实取代时，生存代替一切物欲享受成为仅有的欲望，属于底层市民的只有那条遍布荆棘的生命末路。在《骆驼祥子》中，老舍试图借助祥子的命运为世人发出警醒与启示，即要正确地认识自身的生存现状，理性地面对现实旋涡。为此，后代读者重新走进祥子的世界，在感受这个穷苦市民的悲欢离合的同时，还应品味作家在作品中所流露出的深层态度与人文关怀。

穷苦市民的现实与理想

在《骆驼祥子》中,祥子不是仅仅作为车夫这一职业的代表出现在文本中,相反,他还成为内忧外患时期底层市民艰难生活、奋力挣扎的一个缩影。祥子和众多普通市民一样,有着理想和追求,并愿意为之付出应有的代价。但在当时混乱腐朽的社会背景下,穷苦百姓非但不能实现其朴素的理想,更会不断接受来自现实的暴击,逐渐丧失自我、造成肉体和精神的双重崩溃。

作为一个城市外来者,老舍笔下的祥子早已与"五四"作家笔下的农村人有了显著不同。在《阿Q正传》中,鲁迅也曾对阿Q进城的经历加以描绘,从中不难看出作者对于农村人身上的麻木特质等乡土劣根性进行的批判。但老舍在塑造祥子这一形象时,非但没有对祥子的乡下人陋习加以突出渲染,还着重强调了他在城市生活中所映射出的美好品质。对于祥子而言,他从不畏惧自身穷苦的现状,幻想通过个人的优势,努力成为城市中的一员。拥有一辆属于自己的车远不仅仅是其个人理想,更是他在这座城市得以立足的凭证。为此,祥子"带着乡间小伙子的足壮与诚实"①闯进了这座陌生的城市，试图以自身的力量融入其中。实际上，祥子买车的理想并非空谈，就其本人而言，他具备实现这一理想的绝佳优势。

其一，与众多车夫相比，祥子具有年轻、身强体健等特点，这无疑是作为车夫的最大优势。在身体作为资本的加持下，祥子拉车更加有力，这也在一定程度上致使他后期身体出现不适时仍讳疾就医。对于祥子而言，自己的身体较其他车夫更加坚实有力，纵使遭受些许创伤，也不足为虑。

其二，祥子拉车的另一大优势便是其作为农民所始终秉持的善良淳厚。作为一名穷苦的车夫，祥子没有沾染那些不便效法的恶习，以至于顾客看见他便足以感受到他身上优良的品质特征。"他的样子是那么诚实，脸上是那么简单可爱，人们好像只好信任他，不敢想这个傻大个子是会敲人的。"②实际上，祥子不仅在外表上让人备感亲近，在为人处世等方面也体现出善良诚信的优良品质。在人和车厂借住时，祥子主动地帮助刘四擦拭车辆、清扫院子等。这些举动是出自其农民的本性，不带有任何讨好的成分。除此以外，祥子的善良更表现为其经历了人生的第二次衰落后依然不忘坚守自己的职责。在被孙侦探

---

① 老舍.骆驼祥子//老舍全集：第3卷.修订本.北京：人民文学出版社，2008：6.
② 同① 8.

骗走自己所有的财产后，祥子非但没有撬走曹先生家剩余的家当，反而承担起看守家宅的责任。对于祥子而言，种种优良的品质都可以帮助其招揽更多客人，寻觅到满意的包月租户，进而实现自己的理想。

其三，作为一名二十来岁的青年，此时的祥子正富有青春的朝气并对于一切都充满了自信。纵使在首次经历人生的起落之后，祥子依然对买车这一理想怀有希望。在曹先生家拉车时，他不断地盘算自己卖掉骆驼后所剩余的钱，希望通过省吃俭用而尽快地拥有一辆属于自己的车，从而实现在北平立足。实际上，祥子自身乐天知命的生存态度和买车的理想是相辅相成的，正是买车的理想逼着他乐观地面对人生的得失，而其自身的豁达也在一定程度上弱化了重重打击所留下的烙印，从而使其坚持了拥有一辆属于自己的车的理想。

但在实际生存过程中，理想的丰满是与社会的残酷并肩而行的。对于祥子追逐理想的过程，可以用"三起三落"来进行概括。在祥子刚刚步入北平时，他试图断绝与陌生的社会之间的任何联系，每天都在重复着拉车、攒钱这两件事情。经过三年的努力，祥子终于勉强攒够一百块钱，购买了第一辆属于自己的车，短暂地实现了自身的理想。可不到半年，他的车便在一次拉客的过程中为匪兵所抢，他自己也是死里逃生。这是祥子作为人力车夫所经历的第一次起落，此时的祥子虽体验了由社会所带来的不幸并为之痛苦落泪，但仍然有较强的生命意识和乐观的生活态度，并试图凭借自身的努力再次实现买车的理想。

随后，祥子便开始了自己的第二次买车之路。当他从兵营逃脱之后，他果断地牵走了三头骆驼并卖出35元，希望借此来减少自己买车的负担。回到北平以后，他勤勤恳恳地在曹先生家拉车，省吃俭用以实现买车的理想。但战乱纷繁、动荡不安的社会绝不会因此便满足一名穷苦市民的理想，相反，压榨与欺凌是不分对象的。孙侦探的出现使祥子的积蓄一扫而空，买车的理想再一次以幻灭告终。

倘若说前两次买车的过程都是以祥子自身的努力为代价，凭借肉体的消耗来实现理想，那么祥子第三次买车的过程与之相比便存在显著差异。在第三次买车的过程中，祥子牺牲了自身对于幸福的追求，通过其精神的沦落来实现买车的理想。面对虎妞的热烈追求，祥子始终保持着躲闪的态度。虽然十分厌恶虎妞的长相和身材，但他仍承受不住虎妞的诱惑，被设计与之结婚，并用虎妞的体己钱购买了人生中的第三辆车，从而使他在乏味的婚姻中收获到些许慰藉。但随后不久，虎妞的难产身亡不仅打碎了祥子对于未来家庭的幻想，更使其不得不卖掉车子以料理丧事。这是祥子作为人力车夫的第三次起落。虎妞的死不仅寓意着其理想的破碎与幻灭，更使他的生活回到了原点。在经历肉体的虚弱和精神的崩溃以后，祥子的人生轨迹便发生了彻底的改变。

"三起三落"的经历在对祥子进行多重伤害的同时，也在不断消磨这个城市外来人奋斗打拼的信心与勇气。在经历过跌宕起伏之后，祥子的理想也日益模糊，原有的乐天知命的态度早已为行尸走肉的生活方式所取代。理想的多次破碎使祥子清晰地意识到现实的残酷与不公。毋庸置疑，在社会现实的映射下，祥子本身所具有的优势均呈减弱之势，他的理想也在不断地被摧毁直至消散。在肯定祥子自身力量的同时，也应清醒地意识到，对于祥子而言，买车的理想和肉体的消耗相互拉锯。可想而知，当祥子的身体呈现衰败之势时，微不足道的理想也将渐行渐远，难以实现。与此同时，现实环境的恶劣也使得侦探、匪兵等不法分子盛行，这无疑加大了穷苦市民的生存难度。在当时破败腐朽的社会中，一味地秉持自我、坚守道义难以迎合外部环境的发展之势，老实本分的穷苦大众只能沦落为社会的弃子。但实际上，前期的失败和虎妞的死亡并没有完全将祥子的理想与信仰打破，他仍然对社会现状存有些许幻想。当他得知曹先生仍愿收留他时，他再一次认真地规划了自己的未来。直至得知小福子的死以后，原本乐观的祥子才彻底地被黑暗的现实打败。此后，祥子真正地为社会泥潭所湮没，逐渐丧失了自身原所具备的美好品质，人生也因此走上末路，此时的祥子已然注定成了一名个人主义的末路者。

病态社会的不公与法则

实际上，祥子买车理想的幻灭并非其个人的选择，病态社会的操纵方是主要原因。如若要正确地看待祥子的失败，就必须将其与社会环境紧密相连。就祥子的生存背景而言，在20世纪20年代，中国正处于水深火热之中，在急于完成国家内部政治转型的同时，仍需提防外部的潜在隐患。军阀割据混战以及难以预测的天灾人祸都使中国底层民众的生活日益艰难，而祥子便生活在其中。因此，祥子虽然有着微不足道的理想并甘愿为之努力，但仍无法从社会的旋涡中挣扎出来，最终只能沦为病态社会法则下的牺牲者。

病态社会对底层民众的深层影响并非仅仅在城市中存在，相反，农村也未能从中逃脱。祥子从农村走出并决定来城市当一名人力车夫便是由于社会的不公所致。一个乡间青年，不到万不得已绝不会离开自己的家乡。而祥子的出走也是有因可寻的。他"生长在乡间，失去了父母与几亩薄田，十八岁的时候便跑到城里来"[①]，足见封建地主的剥削与压迫使得祥子丧失了在农村生活的根基，只能背井离乡来到北平。

　　出于对城市的向往，祥子带着满腔热血与梦幻的理想来到北平，幻想通过自身的努力可以在这座城市立足。但社会的黑暗是不存在地域之分的，城市里不公的现象只会愈演愈烈。在北平，穷苦的底层分子只能沦为战争的牺牲品。战争的谣言不仅使得人心动荡、物价上涨，更使得小市民难以谋生。尤其是对于人力车夫而言，顾客的流失使得温饱成为问题。在经历过十余天的艰难经营后，祥子大胆地拉车前往西郊，结果血本无归，人和车子均被匪兵抢走。这种遭遇在当时的社会早已司空见惯，政府决不会因底层百姓的悲惨遭遇而大动干戈。因此，祥子只能在其中苟延残喘，在一次又一次的幻灭中重塑理想。与此同时，在当时弱肉强食的社会环境下，身为社会最底层的穷苦车夫，祥子无力向任何不公现象发起诉讼。面对孙侦探的敲诈勒索，卑微的祥子除了双手奉上自己的全部财产以外，没有任何挣扎的机会。在病态社会的主导下，祥子只能默默忍受着来自城市力量的欺凌与玩弄，无论是包月雇主杨先生、杨太太的侮辱还是刘四爷、陈二奶奶的嘲讽愚弄，都使得祥子在忍气吞声的同时磨灭掉自身的人性与灵魂。不可否认，祥子的理

[①] 老舍.骆驼祥子//老舍全集：第3卷.修订本.北京：人民文学出版社，2008：6.

想和人生的走向都为当时的不公社会所掌控,他自己最终也只能沦为黑暗社会下的病态产儿。

【经典品读】

祥子与北平这座城市的"难舍难分"

"祥子想爬下去吻一吻那个灰臭的地,可爱的地,生长洋钱的地!"

"这座城给了他一切,就是在这里饿着也比乡下可爱,这里有的看,有的听,到处是光色,到处是声音;自己只要卖力气,这里还有数不清的钱,吃不尽穿不完的万样好东西。在这里,要饭也能要到荤汤腊水的,乡下只有棒子面。"

"最好是跺脚一走。祥子不能走。就是让他去看守北海的白塔去,他也乐意;就是不能下乡!上别的都市?他想不出比北平再好的地方。他不能走,他愿死在这儿。"

然而,对祥子而言,他理想的破灭不是由于某种固有的纠纷或者是难以避免的天灾人祸。实际上,他的一切不幸均为社会的真实现状所注定,任何底层市民都难以从中得到解放。社会的不公不仅表现为兵匪、侦探等黑暗势力的施压,更体现为作威作福之徒对外来人的压迫与剥削。倘若说祥子在农村生活中遭遇地主阶级的欺凌，那么在他进入北平后，其阶级性质便发生了改变。在城市中，祥子是作为被奴役者而存在的；无论是在与虎妞交往的过程中还是在为包月雇主服务时，他都不得不承受资产阶级的欺辱与嘲弄。在此等腐朽残败的社会，底层群众的劳动与正常生活得不到应有的保障。在杨先生家工作时，面对杨太太的侮辱与欺凌，祥子已然失去了一个独立个体的生存意义。资产阶级的剥削使其承担了过多的劳务并自愿将被奴役者的身份坐实，足见穷苦市民的卑微低下与谋生之艰难。

与此同时，祥子的婚姻也是腐朽社会的悲催产物。在第二次理想破碎以后，祥子无路可走，只能再次回到人和车厂，接受虎妞的财物补给。在虎妞的精心盘算下，祥子无奈抛弃了自己最初纯粹且美好的设想，迎娶了这个丑陋的女人。在与虎妞的交往过程中，城市资产阶级与农村被奴役者两种身份相互抗衡并呈现不兼容的状态，而最终虎妞与祥子的结合是双方为了各取所需而做出的实质性改变。实际上，与虎妞共同组建一个家庭正是祥子放弃挣扎、日渐沦落的开始，这个家庭也正是封建社会的集中缩影。在虎妞与祥子居住的大杂院中，底层群众的生活现状被一览无遗地呈现在读者面前。在黑暗社会的笼罩下，穷苦民众非但没有与之相抗衡的资本和勇气，更是将自身原本所具有的优良品质逐一消耗。

第二章
《骆驼祥子》：小人物的奋斗悲剧

在非法力量和以金钱为象征的资产阶级腐朽势力的主导下，原本腐朽不公的社会更加呈现落寞凄寥之状。底层穷苦市民非但不能从中获得一丝生机，更是通过理想的幻灭来悟出社会的法则，即穷人没有活路。正所谓"皮之不存，毛将焉附"，势单力薄的底层群众只能出卖自身的肉体和精神，从而苟延一息。在《骆驼祥子》中，社会内隐的法则无处不在，资产阶级的剥削和兵匪、侦探的压榨逼迫着底层市民不断做出妥协。正如祥子亲手打碎自己的理想一般，穷苦市民为了生存只能卑躬屈膝、自甘堕落。而老舍作为市民文学的代表作家，清楚地了解社会的现状并紧抓典型事迹来进行刻画，其中尤以"卖孩子"这一现象最为突出。在老舍的戏剧《茶馆》第一幕中，故事的背景设定在清朝末年，其中便已有卖小孩来换取粮食的故事情节。而《骆驼祥子》的故事发生在20年后的民国时期，这一情节依旧存在，足见社会的腐朽与破败。在社会法则的压迫下，《骆驼祥子》中的二强子不惜将自己19岁的女儿小福子卖给军人玩弄，只为拥有一辆属于自己的车；甚至在后期，为了使自己的儿子不被饿死，宁愿继续出卖女儿的肉体来换得生存的机会。种种不堪的社会现状在祥子所居住的大杂院上演。在目睹周围人物的悲惨遭遇后，祥子的信念与向往逐渐摧毁与崩塌。

最终，失去了最初的信仰的底层穷苦百姓只能借助酒精来麻痹自己，正如在得知小福子吊死在树林后的祥子一般，他已然意识到黑暗的社会只会将小市民逼迫到无路可走。对于祥子而言，在目睹了种种黑暗之后，原有的乐观精神消失殆尽。作为一个苦命的人力车夫，他可以清晰地看见自己的未来——正如老马一般，永远在为生计而忙碌。正如社会法则所设定的一般，底层市民永远没有翻身之日。为此，祥子同众多车夫一样，放弃了曹先生所提供的差事和买车的理想，走上了属于他的落寞之路。在社会法则的作用下，犹如祥子一般的青年都在绝望中抛弃了自身的尊严，任由肉体被肆意践踏而不再拼搏，直至人性与灵魂被彻底泯灭。

人文关怀下的命运悲剧

享有"人民艺术家"称号的老舍在创作《骆驼祥子》时，已然意识到社会的黑暗现状和底层市民生存的艰辛与不易。实际上，《骆驼祥子》不仅书写了祥子由青春力壮到颓废荒唐的变化过程，更刻画了众多与祥子有着共同遭遇的穷苦百姓。在不公的社会中，悲剧并非仅在独立的个体身上存在，祥子的悲剧具有普遍性、共通性——数不胜数的弱小市民都在承受着来自当时社会各界的欺凌与压迫。如果说虎妞的死亡并没有完全将祥子的理想打碎，那么老马的悲惨现状和小福子的自杀便足以使这位原本血气方刚、乐天知命的壮汉沦落为个人主义的末路鬼。

在作品中，老马的出现使得祥子不断地对于人力车夫这一职业丧失信心。第一次遇见是在茶馆，饿得快要昏倒的老马带着自己的孙子小马在寒冷的冬天艰难地寻客。他们悲惨的遭遇引发了祥子的关注，一向省吃俭用的祥子竟为他们买了十个包子。祥子的这一举动不仅是出于对老马爷孙的同情，更是出于对自己未来的忧虑。他深知：自己又何尝不是年轻的老马呢？随后，祥子虽满怀惆怅但仍坚守自己卑微的理想，努力拉车攒钱。但在第二次遇见老马后，祥子的生存观念便发生了天翻地覆的变化。在寻找小福子的过程中，他遇到了老马孤身一人在街上贩卖。此时的老马身边已经没有了孙子的身影，老马的红眼睛印证了他的不幸与苦难。在交流过程中，作者借助老马的口对这残暴黑暗的社会发起了攻击："善有善报，恶有恶报，并没有这么八宗事！"[1]实际上，老马已将人力车夫这一底层群体的一生加以展示，即拥有属于自己的车并不能扩大逼仄的生存空间，属于底层市民的只有无休止的劫难。

对于祥子而言，老马的生活现状虽然浇灭了他对于人力车夫这一职业所重燃的希望，但并没有将祥子彻底改造为不务正业、无心上进的流氓汉。直至小福子的死亡方才摧毁了他对于生活所仅有的乐观态度。在遇到小福子以前，祥子本想娶一个清白女孩，过着简单的幸福生活。但遇到小福子后，祥子改变了以往的观点。作为一个底层的被奴役者，小福子的出现使其心理得到了平衡。面对小福子的悲惨境遇，同情和怜悯之情使得祥子愿意走近她。但此时的祥子经历了人生的"三起三

---

[1] 老舍．骆驼祥子//老舍全集：第3卷．修订本．北京：人民文学出版社，2008：199．

落"，已然明白"爱与不爱，穷人得在金钱上决定"[①]的道理，又一次地选择屈服于现实，并向小福子许诺："等我混好了，我来！"[②]在社会的百般压榨下，小福子独自面临着养家糊口的重担，不得不选择去了白房子。最终，在受遍屈辱与折磨后，她以吊死在树上来了断自己的生命。小福子的死亡再一次揭示了腐朽社会的不公法则，证明穷人渴望凭借自己的力量在城市立足是行不通的。

在《骆驼祥子》中，祥子的悲剧与其理想的幻灭息息相关。在经历过"三起三落"和两名重要女性的死亡后，祥子不仅失去了一切拼搏的勇气，更丧失了对于这个社会所怀有的一切憧憬和希望。对于社会而言，《骆驼祥子》在一定程度上是一部时代悲剧。在不公法则的控制下，穷苦百姓不能依靠个人努力实现卑微理想，只能在遭受剥削与压迫的同时苟延残喘、艰难度日。

在这部史诗性的著作中，《骆驼祥子》真实再现了20世纪20年代中国社会的悲惨现状，内忧外患的紧张局势和反动势力的嚣张气焰使得这一时期在中国历史发展过程中留下了黯淡无光的一笔。这部著作无疑是一部具有极强现实意义的时代悲

[①] 老舍.骆驼祥子//老舍全集：第3卷.修订本.北京：人民文学出版社，2008：175.

[②] 同[①] 176.

《骆驼祥子》封面

剧。但作者老舍的创作本意则更多是表达对穷苦大众的同情。出于人道主义关怀，老舍始终密切关注底层百姓的命运走向并心忧他们的生活。因此，他在与友人闲聊间听到这一写作素材便马上起笔，撰写这部具有浓厚现实意义和警醒作用的小说。

在《骆驼祥子》中，作者明确指出是社会的黑暗与不堪造就了祥子以及众多穷苦市民的悲剧。在同情他们的同时，老舍依然对其怀有"哀其不幸，怒其不争"的感慨。就祥子而言，他的身上虽然呈现了诚实善良、达观开豁等优良品质，但仍摆脱不掉其本身所具有的劣根性。祥子的三次失败并非仅仅是腐朽衰败的社会所致，其自身也存在着明显的缺陷。首先，祥子所持有的金钱至上的观念使他日益卷进社会的黑色旋涡。为了尽快攒够买车的钱，祥子冒险拉客前往城外，不料人和车均为匪兵所劫，从而使其理想幻灭。此外，对于金钱的高度重视使得祥子无所顾忌地消耗自己的身体，即使生病也不肯买药，甚至在虎妞难产临死之际也不愿意带其就医。种种事例均显示出祥子自身所带有的性格劣势。除此以外，祥子对待事物所秉持的木讷愚昧的特征使得他不得不陷于"想做奴隶而不可得"的苦闷之中。

第二章 《骆驼祥子》：小人物的奋斗悲剧

在面对任何苦难与压迫时，祥子的选择均是服从。他不仅服从了包月雇主杨太太的压迫，而且服从了虎妞的算计，亲手毁灭了自己所畅想的婚姻。随着小说情节的发展，祥子日益丧失了个体的独立性，骨子里所具有的奴隶性使其自愿放弃任何反抗。他任由夏太太诱惑，甚至不惜感染性病也甘愿上钩。在内在的劣根性和外在的社会压迫的双重影响下，祥子只能如行尸走肉般在黑暗的社会中游荡。

毋庸置疑，老舍虽然在一定程度上展现了祥子本身所具有的劣根性，但在《骆驼祥子》这部作品中流露得更多的仍是对社会的谴责与对穷苦大众的同情。作为一位久居民间底层的作家，他准确地了解底层穷苦百姓的现状。孔庆东在对《骆驼祥子》进行文学评论时甚至大胆指出老舍就是作家里的"骆驼祥子"[1]。这一论断的提出并非毫无根据，老舍本人便是在一个穷困潦倒的家庭中成长的，母亲凭借浣洗衣物所赚得的微薄工资勉强维持家用。饥饿贫穷的童年经验使得作家可以更加全面地描述穷苦人民的生活状态和生存意志。因此，老舍秉持着强烈的人文关怀写下这部经典巨作，以期真实反映底层市民的真实生活。在作品中，老舍在描绘祥子等人身上的优良品质时也毫不吝惜笔墨。如祥子因为同情老汉，不惜将骆驼以低价出售；

---

[1] 孔庆东.老舍的大众文化意义.南方文坛，2002（4）.

又如小福子在遭受虎妞的谩骂和羞辱后，依然在虎妞死后帮忙料理后事等。此类种种，皆是老舍对于底层市民生活态度和精神信念的肯定。为此，他辞退教师的工作，专心致志地撰写这部底层群众的血泪史。面对穷苦百姓的命运悲剧，老舍对其充满了无限的同情与沉重的感慨。他清晰地意识到，在当时黑暗不堪的时代，底层劳苦大众的个体力量远远不能与破败不公的社会相抗衡。在不公法则的操纵下，穷苦百姓的朴素愿望被黑暗现实横扫得荡然无存。

对于《骆驼祥子》中的穷苦百姓而言，生命就是一次无限的循环，每个人都在经历过挣扎后重回原点，生命的状态与形式没有发生任何改变。老舍正是借助祥子等人的悲剧命运来阐述自身对于底层民众的深切同情，进而将矛头和焦点集中于病态的社会和不公的法则。祥子"三起三落"的悲惨遭遇，具体展现了老舍作为一位生命哲学探索者对于穷苦大众所持有的人文关怀和对社会中强悍者为非歹的严厉谴责。面对难以改变的社会现状，底层市民的卑弱力量难以与顽固不堪的社会体系相抗争。此时，穷苦市民这一群体只有齐心协力，一同推翻腐败不公的社会法则，才有实现其理想的可能，进而帮助其在城市中获得一方立足之地。

【我来品说】

1. 通过阅读上文,你能概括出祥子身上所有的美好品质吗?拥有一身美好品质的祥子,为什么最后却走向了堕落?

2. 比照阅读老舍的《爱北平》,仔细体会老舍对北京城的特殊情感。

第三章 《四世同堂》：国破山河在

导读

《四世同堂》以小羊圈胡同作为北平城沦陷的缩影，表现了北平普通市民在日本侵略者的压迫下所遭受的压抑和痛苦。小说通过描写在日寇占领北平期间人们痛苦和屈辱的生活情景，有力地控诉了侵略战争对被侵略国家的人民造成的沉重的伤害。

《四世同堂》是老舍先生体量最大的一部小说，共计100万字。小说分成三个部分：《惶惑》《偷生》《饥荒》。《四世同堂》开始创作的时间是1944年1月。《惶惑》在1944年11月至1945年9月连载于重庆《扫荡报》。《偷生》连载于1945年的《世界日报》。《饥荒》在1950年《小说月刊》上连载，小说至20段中止，在老舍生前没有出版。之后，《饥荒》手稿遗失。

　　1983年，马小弥根据浦爱德的英文节译本《黄色风暴》（*The Yellow Storm*），译出了《四世同堂》的最后13段。赵武平2014年在哈佛大学施莱辛格图书馆，发现了《四世同堂》的英文全译本。小说第三部共有36段，比之前老舍发布的预告和序言多了3段。

　　老舍曾在给友人的信中说："它是我从事写作以来最长的，可能也是最好的一本书。"[1]距《四世同堂》的诞生已经有70多年，时间不断证明着这部小说的独特价值，并增加着它的历史重量。

---

[1] 老舍.致大卫·劳埃得//老舍全集：第15卷.修订本.北京：人民文学出版社，2008：637.

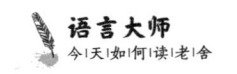

风雨飘摇的京城故人

假如你来到1937年沦陷前的北平,你会选择走还是留?

这是一个十分现实的问题,也是一个涉及道德理想的问题。留下,意味着要成为侵略者铁蹄下的亡国奴。出走,则意味着离开家人。个人在乱世之际不知道战争何时结束,更不知道什么时候能够与家人重聚。战争对个人的影响和遭遇,往往为民族和国家的宏大叙事所掩盖。

1936年6月的《宇宙风》推出"北平特辑",编辑陶亢德引用周作人的话描述北平:"现在不但不是国都,而且还变成了边塞,但是我们也能爱边塞,所以对于北京仍是喜欢,小孩们坐惯的破椅子被决定将丢在门外,落在打小鼓的手里,然而小孩的舍不得之情故自深深地存在也"[1]。这可以视作人们对即将沦为异域的北平的提前哀悼。

1936年,已经被降格为故都的北平,面对山海关外的日

---

[1] 周作人.北平的好坏.宇宙风,1936(19)//袁一丹.声音的风景:北平"笼城"前后.北京社会科学,2012(6).

第三章
《四世同堂》：国破山河在

本侵略者的野心，早已经失去了往日的闲适和从容。日本占领华北的意图已经愈加明显，身处其中的人们自然可以嗅到局势的紧张。吕方邑在《北平的货声》中坦言"我为什么离开北平"。尽管北平可以为他提供舒适的生活条件，但他不喜欢北平颓败的城墙，以及北平"围城"的困境。吕方邑这样写道："当我回忆起北平的时候，北平已经不是我的了"[①]。1936年的北平，确实岌岌可危，甚至有从"边塞"变成"异域"的可能性。

1936年《宇宙风》推出的"北平特辑"的封面格外有深意，显示了当时局势的紧张。杂志的封面是1860年英法联军进攻北京的图片，内页则是1936年日本向平津运送士兵的照片，还有一幅漫画的题目是"贴了膏药的古城"，意为北平有被日本的太阳旗占领的危险。1936年年底，北平城外敌军演习的隆隆炮火声，在北平人听来，仿佛是一种即将进攻的号角；然而，与北平人熟悉的沿街叫卖声混杂在一起，使炮火声也成为一种"非常"的常态。

北平虽然是一个历史悠久的古都，却无法阻止异族侵略的脚步。日本作家阿部知二在他发表于1935年的《北平杂记》和《美丽的北平》中，记述了他眼中的混杂着异族入侵的北平

[①] 吕方邑.北平的货声.宇宙风，1936（19）//袁一丹.声音的风景：北平"笼城"前后.北京社会科学，2012（6）.

的历史。在《北平杂记》中,他看到在使馆区跑步的意大利军人、在青龙桥附近和女人游玩的美国士兵,当他导游的日本人K君向他讲述在中国"征战"和"剿匪"的历史。在《美丽的北平》中,他看到圆明园会想起英法联军火烧宫殿的历史;而在现实中,他在去长城的路上,看到一辆满载着日本兵的卡车。历史和现实交错,北平虽然有着"和平"的名字,在近代以来却从未获得真正的平静与安宁。

在阿部知二的眼里,北平是一座美丽的城市,却也因为美丽而招致别人的艳羡和争夺。然而,北平人对北平的美丽自然有更深的体会,只是这美丽的北平不能落到敌人手里。就像小说《四世同堂》中钱默吟说的那样:"一朵花,长在树上,才有它的美丽;拿到人的手里就算完了。北平城也是这样,它顶美,可是若被敌人占据了,它便是被折下来的花了!"[①]北平城是美丽的,因此北平人不能容忍旁人对它的觊觎和糟践。

老舍深深爱着北平。他对北平的一草一木和一砖一瓦,都十分熟悉。身在重庆以及后来在美国讲学的老舍,在写这本书时,对北平的回忆和追思,更带有一种梦幻色彩。比如,他写北平往常是如何过中秋的。老舍从北平适宜的天气开始写起,

---

[①] 老舍. 四世同堂 // 老舍全集:第4卷. 修订本. 北京:人民文学出版社,2008:23.

第三章
《四世同堂》：国破山河在

"中秋前后是北平最美丽的时候"[1]，水果摊上有各种好闻好吃的水果，摆成好看的样子，还有果贩们清脆悦耳的"果赞"，真是"色香味俱全"。香甜的栗子、肥嫩的羊肉、新鲜的河蟹、可爱的兔儿爷、五彩缤纷的秋菊，共同构成了美丽繁荣的北平之秋。北平的一切对老舍来说都那么可亲又可爱，然而这里的一切，竟然遭到侵略者的霸占和欺凌。

1937年7月7日，日军攻打宛平城和卢沟桥，中国守军奋起反抗，但最终不胜敌军。7月29日，宋哲元率领二十九军撤退，北平沦陷。

《四世同堂》中的前三章讲述了从日军进攻卢沟桥到北平沦陷前的故事。第四章记述了北平陷落，从此北平人开始了长达八年的沦陷区内的艰辛生活。在此期间，小羊圈胡同的人们经历了搜查、监禁、饥饿和死亡，在敌人沉重的压迫下忍辱偷生，而像祁瑞宣和钱默吟等知识阶层人士不仅要忍受现实中敌人对他们的残害，还要经受精神上的良心拷问。

小说一开头就描写了祁老太爷作为老一代人的处世方法：不管外面的兵荒马乱，只要用装满石头的破缸顶上三个月，再备上三个月的粮食和咸菜，什么灾祸都会随着时间平息。

---

[1] 老舍.四世同堂//老舍全集：第4卷.修订本.北京：人民文学出版社，2008：121.

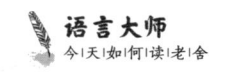

但是，日本人占领北平的时间越长，北平人的生活就越艰难，不仅人身安全难以保障——就连走在大街上都有可能被当成"奸细"杀害，还有日本侵略者的奴化教育和漫长的饥饿的生活。

战争不仅给国家带来了沉重的苦难，同样给个体和家庭留下了无法磨灭的伤痛。在被敌人占据的北平城里，人们坚忍沉默地活着，不仅面临着寒冷与饥饿，也面临着敌人的监视与死亡的威胁。在小羊圈胡同里，先后有人死去，这里面有钱家的钱太太以及她的两个儿子、祁家的祁天佑和小妞子、拉车的小崔，还有剃头的孙七、唱戏的小文夫妇，即使是向日本人无耻献媚的冠家人和祁瑞丰，也最终付出了生命的代价。钱默吟和祁瑞宣还曾被抓进日本人的监狱里去。

在被占领的北平城里，中国人像是案板上的肉一样，没有反抗的力量，被日本人肆意践踏——被占领的弱国子民是没有人权的。整个北平也像是一座巨大的监狱，在其中生存的百姓要谨小慎微和担惊受怕，然而敌人连百姓们最基本的生存权利也要剥夺。

现实中的北平城的沦陷，我们很容易从历史中考证出具体的年月日，但对于生活在北平城里的人来说，北平的沦陷只能从生活细节去考察。"国家""民族""主权"离普通百姓太过遥远，只有生活不再像和平年代那般安闲，人身安全得

北平沦陷，日军进入北平正阳门

不到保障，温饱也成为一个难以解决的问题，关于国家的"亡国"和民族的"耻辱"，人们才会得到更真实的体验。到这个时候，个人才能更加体会到国家、民族和个人血肉相连的紧密联系。

战火铸造的民族精神

《四世同堂》以文学的形式记录了抗日战争时期北平人民平凡的生活，给沉重的历史留下了有血有肉的注脚。同时，小说用穿越世纪的深刻的眼光去分析近代中国的家庭、民族、国家衰落的原因。战争的发生使"国民意识"得到启蒙，也带来了民族精神的新生。

首先，中国人受封建文化影响，没有强烈的现代民族精神。中国传统社会以家族为本位，以亲缘关系为基础，来构建等级分明的伦理秩序。传统中国社会长期依赖家族来治理基层，而缺乏现代意义上的基层组织，主要依靠由道德意识构建成的伦理秩序。因此，百姓大多没有"公民"或"国民"意识。

其次，《四世同堂》表现了老舍对北平旧有文化的反思，包括在这种文化影响下形成的国民性格。老舍看到，北平这种对压迫逆来顺受、过分讲求虚礼的文化，在对抗敌人残暴的侵略时是那样的软弱。敌人来了，北平城里的人就认命地做起了顺民，而不做一点反抗，并将之称为"忍"的哲学。

这种顺从的文化，在老一辈祁老太爷身上体现得更加明显。当日本人的爪牙侦探查看祁家的情况，并且傲慢地发放良民证和训斥老人时，祁老太爷表现得是那样的卑微和可怜。

老舍敏锐地发现：在北平充满繁文缛节的礼节文化下，隐藏着的是人们过于贪图安稳、不要冲突流血的苟安心理。北平继承了传统文化中关于礼仪的部分，"多礼"成为北平人的一个显著的行为特点，成为北平人风度不可分离的一部分。祁家在日本人进城后依旧要操办祁老太爷的"八十大寿"，因为他们认为这是不能忽视的礼节。属于市民阶层的老二祁瑞丰则在这种文化的影响下，走向了一个极端——过分在乎个人舒适的生活条件，过分沉溺于表面上一派"歌舞升平"的欢颜笑语。他是洋派与新派的结合体，是一个市井无赖，生活在四世同堂的大家庭里，却又沾染了许多西方的坏毛病，集中西糟粕于一身。

《四世同堂》表达了老舍对北平传统保守文化和人们贪图安稳的心理的批评。这种文化使人们宁愿维持表面上的顺从，也不愿反抗压迫。在战争时期，这种文化很容易使人们为了维持一时的安定，而安心做起顺民，更有甚者成为日本人的走狗。

老舍批评这种"和平文化"，并不代表他支持暴力或者对于人性失望。即使瑞宣看到学生游行队伍在日军面前不敢做一点反抗，他也认为北平文化推崇和平并不是错的。钱诗人主张复仇，却还是把小孙子的名字改成了"钱善"，这也表明他心中对于人性的善良抱有希望。老舍表达了这样一种主张：战争起源于人的恶念和欲望，但在反抗侵略的过程中，不要将仇恨作为完全的动力，而要防止自己变成兽性的爱国主义者，在心底深处燃起一盏人性善良的灯。

最后，老舍在这部小说中探讨了怎样在战争的文化废墟上重建民族精神。在钱默吟身上，作者寄予了一种更为理想的民族精神的主张。

从小说中可以得知，钱默吟既有传统文人身上爱好风雅、淡泊名利的一面，又有坚贞不屈、舍生取义的一面，这是古代文人面对国家危难时追求的"时穷节乃现"的气节。这种像文天祥《正气歌》的追求也在祁瑞宣身上有一定的影响，祁瑞宣的爱国思想也有一部分来源于此。

钱默吟有着老舍所推崇的诗人身上的刚烈之气，与历史上志士仁人们面对国家危难时，将自己的生命置之度外，在必要时刻可以以身殉节的"气"相通。我们看到钱默吟的义举，会想到屈原投水的壮烈以及他写下的"亦余心之所善兮，虽九死其犹未悔"，杜甫的"盖棺事则已，此志常觊豁。穷年忧黎元，叹息肠内热"，陆游的"楚虽三户能亡秦，岂有堂堂中国空无人"，以及文天祥的"天地有正气，杂然赋流形"等等诗

第三章
《四世同堂》：国破山河在

人的爱国诗歌名句。

老舍在钱诗人身上寄予了报国的理想：在国家和民族生死存亡之际，每个人都应当尽自己的力量去拯救国家的命运。个人的得失以及家庭的安稳都应为民族大义让路。在坚守民族的高尚气节时，连个体的生命都可以舍去。

老舍在小说中描写了钱诗人身上体现出来的为了救国百折不挠的精神。即使老人的身体遭受千百次折磨，他的家人因为侵略者的淫威而丧生，钱诗人的复仇之火和爱国之心也只会燃烧得更猛、更烈。在遭受了风雨的洗礼后，钱诗人更加坚忍不拔。小说中这样写道："他以前并没有真的活着过；什么花呀草呀，那才真是像一把沙子，随手儿落出去。现在他才有了生命，这生命是真的，会流血，会疼痛，会把重如泰山的责任肩负起来。"[1]

从敌人的魔窟中出来后，钱诗人比在任何时候都渴望拥有一副强壮有力的身体，不是为了自己能够多活一些日子，而是为了能够为国家再多做一点有益的事情。原来，钱诗人在古书的典籍中寻诗。及至二儿子钱仲石拼出自己的一条命摔死一卡车的日本兵，用鲜血做出英雄的诗之后，钱诗人出狱后拖着自己的一副风烛残年之躯，到处写着复仇的诗、不屈的诗。钱诗

---

[1] 老舍. 四世同堂// 老舍全集：第 4 卷. 修订本. 北京：人民文学出版社，2008：387.

人的"国民精神"就在这种坚守气节中表现出来。他以自己的生命写下了不畏强权、反抗侵略和坚守民族大义的诗歌。

战争的发生增强了人们的民族精神。在全民抗战中,民族精神和国民意识得到熔铸和重生。此外,战争重塑了知识阶层对于如何担负起国家与民族责任的认识,使他们在一次又一次的内心拷问中锻炼了坚强的心性。

祁瑞宣在看到抗战的希望后,一扫对于南京陷落的失落和悲观,发觉只要不放弃,民族总会有出路。他想:"一个具有爱和平的美德的民族,敢放胆的去打断手足上的锁镣,它就必能刚毅起来,而和平与刚毅揉到一起才是最好的品德。"[1]钱默吟出狱后,时刻将反抗侵略者当作自己生命中的头等大事,愿意做一股冲破现实黑暗的浩然之气。就连瑞宣的妻子韵梅在走上街头,接触到各种人与事之后,也意识到自己和北平的一切都有关系,勇敢地代替丈夫在营救方六的保状上签了字。在瑞宣被抓之后,祁老太爷抛弃过去信奉的"和气生财"的信条,敢于"露出胸膛教他们放枪"。

战争使每一个人都得到磨砺而变得更加成熟,民族精神也在战火中被熔铸而获得新生。古老中国的新的国民从战火中产生了,新的国民不再是"老中国的儿女",他们对自己和国家

---

[1] 老舍.四世同堂//老舍全集:第4卷.修订本.北京:人民文学出版社,2008:423.

抗战时期出版的《惶惑》和《偷生》

的命运有了更加深刻的认识，意识到了国家的命运和每个人息息相关，个体的价值正是在报国的使命中得到升华的。战争的考验使冠晓荷、大赤包、蓝东阳、胖菊子、祁瑞丰等民族的败类无处藏身直至灭亡，也使祁瑞宣、祁瑞全、钱默吟等人报国救民的心性更加坚定。

家国同构的文化传统

说起"家",这是一个意义复杂的名词和系统。中国传统社会以"家"为基础。"家"一方面是社会生产和生活的单元,另一方面是社会伦理的基础。

进入现代以来,"家"以往稳固的地位在被打破,并且与"国家"之间产生了矛盾,家国同构的文化传统逐渐被打破。"五四"以来,接受了新思想的青年一代试图走出植根于封建伦理的家庭,从而实现个体的自由和发展。巴金的小说《家》拨动了一代青年人的心弦,在他看来,家是围困青年身体和精神的牢笼,只有打破它,青年才能实现个体的发展,进而报效国家。

《四世同堂》中的祁家不同于《家》中的高公馆那样的高门大户,它是一个安稳的小家庭,祁老太爷的理想就是"四世同堂"平安顺遂地在一起过日子。这样一个小家庭,没有封建大家庭中各房之间的明争暗斗,也没有等级严格的规矩,以及骄奢淫逸的享受。祁家虽然有好吃懒做、自私自利的瑞丰夫妻，但因为祁老太爷的教导、天佑夫妇的包容，还有瑞宣和韵梅夫妻俩的牺牲，整个小家庭暂时处于安稳的状态。然而，抗日战争的爆发打破了既定的传统的社会秩序，并且改变了人们的家国观念。

在老一辈眼里，日本人进城和庚子年间八国联军进城是一样的，这次不过又是一次"朝代更替"。他们没有国家的概念，所关注的只有自己的小院、胡同，最多也只是北平这座城市。他们不在乎谁来管理这个国家，只要能让他们安稳过日子就行。除了这些，他们看不到更多的东西。

受过新式教育的瑞宣和瑞全，逐步接受了近代"民族国家"的概念，明白国家是公民所有的，保卫国家是每个公民应当承担的责任。再看小羊圈胡同的其他人，冠晓荷、瑞丰之流是善于钻营逢迎的人，战争带来的权力更替之时正是他们表现的好时机。孙七、李四爷、长顺、小崔等人抱有的朴素的爱国主义感情，更多地来自传统"华夷有别"的民族意识，而不是现代国家意识。

国家意识的缺乏有其背后原因。首先，古代中国大多数时候是一家治国，国家通常和一个姓氏的家族联系起来，国家并不出现在百姓的生活中，更不用说公民意识。"君国一体"的封建专制制度使人们只知有君，而不知有国。其次，中华民国成立后，尽管接受和认同了现代"民族国家"的国际秩序，但在

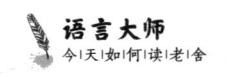

社会意识和制度设计上没有进行彻底的改革，使一部分人还停留在"老中国儿女"的状态中。"官"还是"老爷"，"百姓"还是"顺民"，社会秩序也还是那一套尊卑有序的秩序。

因此，普通人对国家只有模糊的概念，不知道国家对自己意味着什么，而自己又扮演着怎样的社会角色。具有现代"国家意识"及"国民意识"的人多是接受资产阶级民主思想的新式人物。

战争改变了人们对"国"与"家"关系的认知。日本大举进攻中国，妄图在三个月内占领中国，这场关系到民族危亡的战争促使全民团结抗战。

在一开始，小羊圈胡同的大部分人没有意识到日本人占领北京的严重性。直到日本人将钱默吟老人抓走严刑逼供，最后导致钱家大儿子病逝，钱家老太太在儿子坟前自杀，造成钱家家破人亡的结果，才使小羊圈胡同中的居民直观地感受到日本人的残暴，意识到被敌军占领的国土上的亡国奴是会随时受到生命威胁的。

保守的祁家老太爷发觉一扇薄薄的木板门挡不住日本人的侵略，自己最看重的八十大寿过得冷冷清清，四世同堂的安稳的梦想变得遥不可及，老三瑞全不能回家，老二瑞年闹着要分家，后来老大被抓进监狱，这都是因为日本人闹的。后来，连尤桐芳这样深处宅院的人也意识到了原来国家和每个人都息息相关。

战争使人们意识到个体、家庭的命运和国家的命运紧密相连,但在一些具体的困境中,"家"和"国"还有相互背离的一面。

在"报国"还是"顾家"这个问题上,经历了最深刻的心灵冲突的就是瑞宣。瑞宣是家中的长子,因此承担着传统封建伦理道德要求长子承担的家庭责任。但瑞宣又是接受过新思想的青年。他会英语,喜欢看新书,对时事有自己的看法。在战争发生之前,瑞宣就面临着自我的选择和家庭责任的冲突。

比如,对于爱情,他也曾有美好的想象,但是最终选择了家庭所认可的贤惠持家的韵梅。他心中有一个极其理想的世界,在那里他渴望摆脱一切俗世中的事务,能够在深山里读书或到大海上去远游。然而,瑞宣心里也清楚,他没有办法放下对家庭的责任,去过他想要的生活。他清楚地意识到他的善良与软弱,然而他只能无可奈何地自嘲。

战争的发生无疑加大了这种家庭责任和个人选择的冲突,战争的严峻性迫使每一个人都要做出唯一的选择。于是,瑞宣陷入了永无止境的心灵诘难中,他觉得自己龟缩在北平城里就等于变相承认自己是亡国奴。虽然客观上瑞宣明白自己是困于家庭责任,但是他又进一步对自己进行了精神上的逼问,认为自己是在找借口。每当听到一座城池的陷落,瑞宣对自己心灵的逼迫就更进一分。他想："爱和平的人而没有勇敢，和平便变成屈辱，保身便变为偷生。"[1]他憎恨那些背叛国家的无耻之徒，却对他们无可奈何——他甚至无法阻止自己的二弟瑞丰去做日伪政府的官员。

瑞宣清醒地面对着亡城后的痛苦，又因自己对现实的无力而陷入一种更深的痛苦中。在被占据的北平城里，瑞宣产生了一种深深的孤独感。虽然他处在家庭中间，但家庭却使他感到一种更厚的隔膜。正是他所依靠和深爱的家庭阻碍了他实现心中报效国家的愿望。

在瑞宣心灵的冲突中，可以看到"国"和"家"不统一的一面。这种不统一的原因来自传统伦理道德和现代国民意识的冲突。在发生战争的时候，"国"和"家"的利益应该是高度一致的，因为国家的前途和家庭的命运息息相关，一座城的颠覆就可以使无数家庭离散失落，无数人会因此无家可归、露宿街头。

但在这里，在被压迫的北平城里，在瑞宣面对的困境中，"国"和"家"之间产生了一种微妙的背离。这其实是现代国民意识与传统的看重家庭的意识之间发生的冲突，就像祁老爷子面对瑞宣提出自己要坚守气节的要求时说的话："好吧歹吧，咱

---

[1] 老舍.四世同堂//老舍全集：第4卷.修订本.北京：人民文学出版社，2008：426.

们得在一块儿忍着,忍过去这步坏运!"[1]而接受了新的思想包括现代国民意识的瑞宣,则注定要背负沉重的心理负担,面对沦陷后凄凉的北平城和横行的侵略者们。

尽管瑞宣在前期暂时选择了对家庭的妥协,但在思想上,爱国的责任心始终占据着瑞宣头脑中的主导地位。这也体现在他对家中老人们申明自己绝不做日本人的走狗、要坚守民族气节的底线要求,以及他后来勇敢配合老三瑞全做抗日的地下工作的行为上。瑞宣的矛盾和犹豫因自己不能报国而产生,最终也在自己报国愿望的实现中化解。

虽然瑞宣在"报国"还是"顾家"的困境中经历了一场深刻而激烈的冲突,但不可否认的是,战争改变了民众对于"国"与"家"关系的认识,而且唤起了他们对国家意识的自觉。战争使国家与民众的关系变得更加紧密。

《四世同堂》是一部关于爱国主义和反对战争的小说,但老舍也是在现代世界视野下来写这部小说的。他不仅反思自己国家和民族存在的不足,更将对战争的反思提升到整个人类文明的水平上。他在《惶惑》第五章写道:"被压迫百多年的中国产生了这批青年,他们要从家庭与社会的压迫中冲出去,成个自由的人。他们也要打碎民族国家的铐镣,成个能挺着胸在世

---

[1] 老舍.四世同堂//老舍全集:第4卷.修订本.北京:人民文学出版社,2008:368.

界上站着的公民。"[①]老舍关于新的国民的期望，不仅在于希望他们能做一个对国家和民族有用的人，更在于期待他们能成为世界公民的一员，共同建造一个和平的世界。

《四世同堂》对于这场战争的思考，体现了老舍世界主义与和平主义的思想倾向。战争没有绝对意义上的胜者和败者，它加诸所有人的心上的都只有一种无可言说的沉重和悲哀，正如瑞宣和日本老太婆说话时的那一抹"惨笑"。这正是战争结束后，人们在抗战胜利的喜悦中夹杂着一丝沉痛的复杂的心理感受。老舍写的是一个小小的小羊圈胡同，却以小见大，思考了整个国家和世界的命运，反思了战争对人类文明所产生的毁灭性后果。在此意义上，《四世同堂》是中国的，也是世界的。

【我来品说】

> 1. 如何看待瑞宣在北平沦陷后，面对家庭责任和报效国家时所处的两难困境？
>
> 2. 怎样理解老舍在钱默吟身上所寄托的诗人一样的理想人格？

---

① 老舍.四世同堂//老舍全集：第4卷.修订本.北京：人民文学出版社，2008：39.

第四章 底层世界的守望者

导读

老舍的短篇小说短小精悍,其艺术价值甚至超过长篇小说。他的短篇小说中充满了对平民的同情,他是平民世界的守望者。这里仅选取《月牙儿》《断魂枪》《老字号》三篇——它们分别代表了老舍对青年女性、中年男人和老者的态度,借以说明老舍对市民阶层的普遍的关切。

《月牙儿》：女性的挣扎与沉沦

巴金在怀念老舍的文章里说："他虽然含恨死去，却留下许多美好的东西在人间，那就是他那些不朽的作品。我单单提两三个名字就够了：《月牙儿》、《骆驼祥子》和《茶馆》。"相比而言，《月牙儿》的知名度比不上后面两部作品，但巴金为什么如此看中不太知名的《月牙儿》呢？

《月牙儿》的创作背景

《月牙儿》原载1935年4月的《国闻周报》第12卷12期至15期，后收入短篇小说集《樱海集》。老舍在"五卅"事件发生后创作了长篇小说《大明湖》，书稿写成后交付上海商务印书馆，但《大明湖》不幸在"一·二八"的战火中被焚烧殆尽。后来，老舍依照自己的记忆创作了小说《月牙儿》。据老舍所说，一方面是交稿的日期逼近，"事实逼得我不能不把长篇的材料写作短篇了，这是事实，因为索稿子的日多，而材料不那么方便了,于是把心中留着的长篇材料拿出来救急"[①];另一方面则是老舍对《月牙儿》这个故事具有特殊的感情,"其他的情节都毫不可惜的忘弃,可是忘不了这一段"[②]。

作为老舍顶爱的佳作,《月牙儿》以清新自然的笔墨,通过描述一位女性的悲惨人生,用文字谱写了一首旧社会的哀歌。老舍揭示了旧社会的底层女性走投无路的困境,反映了那个时代女性群体的悲惨命运,悲愤地控诉了当时的旧社会黑暗的现实。法国作家雨果曾在《悲惨世界》中写道:饥饿使妇女堕落。《月牙儿》正是将社会底层的女性面对生计的压迫与社会的歧视,在与命运的抗争中挣扎和沉沦的悲剧展现在世人面前。

月亮常象征着纯洁与美丽,但是在《月牙儿》中却代表了清冷和凄凉。一个黯淡的月夜,只有七岁的女孩失去了父亲。这天,她饿着肚子,

《樱海集》封面

[①] 老舍.我怎样写短篇小说//老舍全集:第16卷.修订本.北京:人民文学出版社,2008:194.

[②] 同① 195.

第四章 底层世界的守望者

在哭声中隐约地明白这种饿肚子的日子以后可能要经常出现。父亲死了，母亲成为她唯一的依靠。可是当母亲辛苦地劳作，没日没夜地给人家洗衣服，还把家里的东西典当干净，却仍不能糊口的时候，母亲不得不改嫁。新爸爸的出现让女孩能上小学，这是她最平静的时光，也为她们母女俩的悲苦生活带来短暂的甜头，可是没过几年新爸爸又不知去向，她们又陷入为生计发愁的苦日子里。

为了让女孩能吃饱、能继续念书，母亲当了暗娼。她希望读书能改变女儿的命运，盼望着知识能让女儿脱离苦海，希望能用自己的牺牲换回女儿的未来。但没过几年，母亲就意识到希望的渺茫。此时，她已经渐渐老去，粗劣的脂粉也无法掩盖她的皱纹，仅靠出卖肉体已经不能给这个家庭带来温饱。被逼无奈，母亲给女儿提供了两条路：一是女儿接替母亲赚钱养家，也就是做暗娼；二是母女分离，各顾各的。女儿既同情母亲生活的艰难，又恨她强迫自己用肉体赚钱。年幼的她骨子里还有着不服命运的倔强，于是选择离开，独立生活。随后，她被好心的小学校长收留，在小学里做点针线活，这份不起眼的工作却是支撑她生存的唯一经济来源，也让她觉得依靠自己的双手是能干干净净地活下去的，那时的她对未来的生活应该是能看到希望的。

可惜好景不长，小学换了校长，新校长并不同意她继续待在学校中。因此，女孩只能自己去找份工作，以维持生计。但是，因为她没有学问，所以每次出去她都四处碰壁，这时候她才明白，这个社会并没有属于自己的出路，也正是在这种处境中，她突然明白了自己的母亲，也原谅了母亲的选择：母亲所走的路是唯一的，是没有选择的。校长的侄子对她产生爱意，但也只是因为她的身体，在占有她的身体之后就无情地抛弃了她。此后，她努力尝试过各种工作，但是都无疾而终。她开始承认自己的失败，也不再倔强，不再拼命地守护所谓的贞操与道德。为了活下去，她必须接受命运的现实，于是她不再费尽力气洁身自好，当起了暗娼。

在小说结尾，女孩被关进监狱，但却不急着出去。她说："狱里是个好地方，它使人坚信人类的没有起色；……世界比这儿并强不了许多。"①

这是一出彻头彻尾的悲剧。小说自始至终被夜色笼罩，黑暗是小说的整体色调。今天的读者只是听闻过旧社会的黑暗与苦难，但读了老舍的《月牙儿》，就能深切地感受到无边的悲哀和丝丝的恐惧——一个纯洁的女孩，拼命地在一片废墟中寻找自己的立足之地，可不得不承认旧社会对女性的恶意，不得不为活着而放弃所谓的体面，无可挽回地被社会侵染吞噬。

---

① 老舍.月牙儿//老舍全集：第7卷.修订本.北京：人民文学出版社，2008：279.

第四章 底层世界的守望者

《月牙儿》充分展示了老舍讲故事的才能，他深谙曲径通幽的叙事艺术。悲剧从小说第一句话就已经注定，黑暗已经笼罩在幼小女孩的身上，厄运注定会如影随形。但老舍却把故事讲得起伏有致。新爸爸的出现让女孩上了学，让她有了自己的思想，将她破碎的家庭又拼凑起来；校长的保护让她暂时过上了自食其力的生活，拥有了对抗世界的能力；校长的侄子让她尝试了爱情，懂得了自身的漂亮和价值。三个人用不同的方式让女孩成长成熟，也让读者看到了一个懂事、勤快、漂亮的女孩。

然而，三起之后就是更大的三落。上学让女孩有了见识，她见到了其他同学的生活。同学的生活尽管并不奢侈，却有她遥不可及的安逸，与她朝不保夕、经常饿肚子的生活形成了鲜明对比。上学有了知识，却不能解答她心中的疑惑：为什么人生而不同？为什么有些人生下来就比别人的命好？为什么她这么努力却只能达到别人的起点？这些疑惑是知识不能解决的。

工作让女孩拥有了赚钱的能力，她靠针线活攒了钱，让她看到了自力更生的希望。但小学的人事更替，又轻易地毁了她的希望。她好学、勤劳、懂事，但这些能力却不足以让她找到一份工作养活自己。这让她疑惑，却更使她明白了母亲的苦衷。她的母亲，任劳任怨，日夜辛苦给别人洗补衣服，可那点收入根本养活不了母女两人。

爱情让女孩懂得了自己的美好，却进一步把她推向深渊。男人或者说黑暗时代只给她留了一道生存的缝隙——出卖自己的肉体。短暂的美好在巨大的黑暗面前更像是一把利剑，刺破了女孩对光明的幻想，最终使她沉沦在命运的压迫中。

三起三落的叙事让故事有了波折，更让读者的情绪有了起伏。老舍把一个女孩的悲剧讲得跌宕起伏、有喜有悲。更难得的是，老舍把曲折精彩的故事画成一幅画、写成一首诗。

很多人说《月牙儿》不像小说，更接近抒情散文诗。老舍自己也承认"有以散文诗写小说的企图"[①]。一般而言，倘若小说追求故事性，就会远离抒情性，和诗意也就相去甚远。但《月牙儿》是个例外，在精彩的故事性后面笼罩着一层诗意。而这层诗意就源自"月"的意象。

"月"是中国诗歌传统中的典型意象。"月牙儿"具有丰富的象征意义。

"月出皎兮，佼人撩兮"。"月"代表女子的美好。老舍对小说主人公的外貌描写极少，主要是通过"月"的象征让读者想象女孩的白皙的皮肤和柔美的面容。在古代诗文传统中，"月"不仅喻指女子姣好的容貌，更象征女子自身的高洁，有洁身自好、纯洁的意思。小说中的女孩尽管跌落风尘，但她的

[①] 老舍.《老舍选集》自序 // 老舍全集：第17卷.修订本.北京：人民文学出版社，2008：519.

内心仍是高洁的，是充满温情的，黑暗的是夜，污秽的是旧社会。

"月有阴晴圆缺"。缺月代表遗憾，象征着世间的不完美。小说的悲剧气氛极为浓重，整部小说读起来压抑沉重，好像所有的故事都发生在夜晚。这也是"月"的象征意味，月牙儿的柔弱腰身和惨淡的光亮让人联想到女孩的命运，想到在黑夜中女孩不愿沉沦在苦命中而一再试图寻求一点儿亮光的挣扎。

"人散后，一钩淡月天如水"。淡月烘托了冷清的气氛。女孩从小到大冷冷清清。她形单影只，多数时间都是孤身一人，倘若对照老舍另一篇小说《阳光》，则这种冷清的意味更加明显。《阳光》中的女孩出身高贵，宛如公主，从小在无数追捧中长大，如同"太阳"，拥有无数崇拜者。可同样是女孩，《月牙儿》的主人公却冷淡凄清。冷不只是气氛，还有女孩的心境：当看透一切之后，原本活泼的性子也就冷了。

"深林人不知，明月来相照"。月是知心好友，是女孩在这个世界上的唯一的伙伴。从最初失去父亲的夜晚开始，月牙儿就跟随女孩一起经历了世间的苦难。夜幕降临，月牙儿悬在天边，默默地把微弱而皎洁的光亮洒在女孩身上。在女孩的心事无人诉说时，唯有那一抹月牙儿可以倾诉。

"多少次了，我看见跟现在这个月牙儿一样的月牙儿；多少次了。它带着种种不同的感情，种种不同的景物，当我坐定了看它，它一次一次的在我记忆中的碧云上斜挂着。它唤醒了我的记忆，像一阵晚风吹破一朵欲睡的花。"[1]

"月"的意象随着小说的情节变换摇曳，随着读者的体验不断丰富，但都趋向悲伤和唯美。小说的故事性虽强，但都为"月"的意象所笼罩，营造出诗一般的意境。

"是的，我又看见月牙儿了，带着点寒气的一钩儿浅金。"[2]读罢《月牙儿》，头脑中挥之不去的就是小说开头这句营造的画境：那当是一幕黑色背景，天空悬着凄清的月牙儿，月光洒在女孩柔弱的肩上。也许你会忘了小说曲折的情节、忘了唯美的诗意，但这幅图画却难以抹去。

在这幅画中，月牙儿是女孩的陪伴者、守护者。虽然月光微弱，但月牙儿却把所有的光洒在女孩身上，也洒在世界上每个受侮辱和损害的弱者身上。这就是《月牙儿》的寓意，也是老舍所有文学作品的寓意。《月牙儿》是写给那些遭受不幸的人们的，把同情和关注像月光一样洒在他们身上。月光虽然微弱，却足以照亮女孩的周边，也让读者看清社会的不公和弱者的不幸。月亮虽然遥远，却能知道女孩的心事，能让我们了解那些特殊人群的所思所想。月牙儿虽然瘦弱，但总有阴晴圆

---

[1] 老舍.月牙儿//老舍全集：第7卷.修订本.北京：人民文学出版社，2008：254.

[2] 同[1].

缺,让我们相信圆月会升起。任何时代都有不幸,文学不应该是明星头上的聚光灯,而应是发现不幸、照亮弱者的月牙儿。

老舍用《月牙儿》来描写那个年代女性的挣扎与沉沦,用悲剧讲出了旧社会底层女性的痛苦,让我们唏嘘、感慨甚至痛心。在老舍心目中,《月牙儿》的分量不亚于唱片小说。1931年,老舍写了一部长篇小说《大明湖》,后来毁于"一·二八"战火中,《月牙儿》便是对这部已经被摧毁的《大明湖》的升华。老舍后来也曾说:"由现在看来,我愣愿要《月牙儿》而不要《大明湖》了。"[1]

---

[1] 老舍.我怎样写短篇小说//老舍全集:第16卷.修订本.北京:人民文学出版社,2008:195.

《断魂枪》：国术的传与不传

《断魂枪》不仅是老舍武侠小说的扛鼎之作，也算得上20世纪最佳的短篇小说之一；虽然是短篇小说，却极能显示出老舍的语言功力。通过《断魂枪》，通过国术传与不传的矛盾和挣扎，一个人面对时代异变时的无奈被展现出来。

在这篇不足六千字的小说中，作者描述了一位争强好胜的孙老者，还有一个藏兵止戈的沙子龙。作者用武侠的方式表现现代性进程中的传统文化所遭遇的一切问题，却又像什么都没说。留给读者的不仅是余音绕梁的回味，还有大量的空白和悬念。

《断魂枪》的内容很简单，用老舍的话说，"在《断魂枪》里，我表现了三个人，一桩事"[①]。"三个人"是神枪沙子龙、江湖艺人王三胜、外地武者孙老者。"一桩事"是比武。所谓文无第一、武无第二，江湖人自然要在拳脚上争个输赢。可这场争斗却没有结果，自然给读者留下悬念。读毕小说，我们不禁

[①] 老舍.我怎样写短篇小说//老舍全集：第16卷.修订本.北京：人民文学出版社，2008：195.

第四章 底层世界的守望者

要问"谁赢了"。

关于《断魂枪》中武功高低的问题，不仅在文学领域成为热谈，而且引来了武术界的关注，因为老舍文武兼修，也算半个武术圈的人。臧克家回忆老舍，说他在青岛去老舍家里的经历，"一进门，在玄关的端头看见一排武器架子，上面刀枪剑戟斧钺钩叉一字排开，十分抢眼，以为是误入了一个练家子的家中"[1]。老舍看似羸弱，却学过少林拳、太极拳、五行棍，尤其擅长剑术。早在1921年，他就写过一本"武林秘籍"《舞剑图》，在北京市小学生中大量发放，《晨报》称此"秘籍"的普及对国民健身起到极大的作用。此外，老舍的太极拳也颇有功底，被他引以为傲，他经常在公共场合表演他的拳术。赛珍珠回忆，老舍曾向美国大兵表演过拳术。

老舍可不是花架子，而是真正的"练家子"。他曾力挫日本"高手"，为国扬威，这次壮举使他堪称文艺界的霍元甲、陈真。1965年，老舍访问日本，遇到城山三郎，两人同为"武痴"，因此相谈甚欢。但尚武的城山三郎认为老舍只是空有理论，不堪实战。老舍看出其言语间的轻视，答应"试招"。两人推掌角力，年逾六旬的老舍发力，推了城山三郎一个趔趄，城山三郎乃信其"真有功夫"。此事在日本文学界传为美谈。

---

[1] 臧克家.老舍永在//舒济.老舍和朋友们.北京：三联书店，1991：36.

老舍文武兼修的身份更让人关心比武的输赢，今天读《断魂枪》不妨从输赢论起。

江湖艺人王三胜显然只是陪衬。别看他年轻、个子大、一脸横肉、力大无穷、一手钢鞭十八斤重、大刀耍得手起风生，貌似练武的好料子，可他的武功和境界都弱了一筹：单挑输给了孙老者，武功在他手上更像是"玩艺儿"。老舍形容这类人"都有点武艺，可是没地方去用。有的在庙会上去卖艺：踢两趟腿，练套家伙，翻几个跟头，附带着卖点大力丸，混个三吊两吊的"[①]。王三胜没有沙子龙的傲人的资历，也没有孙老者对武艺的追求，他更像是江湖艺人。他的角色定位有点像打街头篮球的，遇到孙老者、沙子龙这类职业选手，自然败下阵来。

但孙老者和沙子龙的较量谁赢了？这就成了关公战秦琼式的悬案，因为他们没打起来。表面上看，孙老者咄咄逼人，先挫其弟子，再挑战其师傅，沙子龙不敢应战，王三胜失望而归，一众追随者纷纷离其而去。但细究其韵味，又未必如此，甚至多数读者为沙子龙的气度所折服。而孙老者的确是央求沙子龙传艺，这就更显着沙子龙的武艺高深莫测。

没打起来，武艺自然就没法比，那就只能从境界上分高

---

① 老舍.断魂枪//老舍全集：第7卷.修订本.北京：人民文学出版社，2008：321.

下。中华武学博大精深，远非打斗搏击那么肤浅。"武"的高下不仅要看实战，更要看境界。孙老者一生追求武艺，听闻沙子龙有功夫，专程从河间赶来切磋，不惜放下身段拜师学艺。他把武视作一生的追求，武的境界相当高。

沙子龙则代表武的另一种境界。他不战而屈人之兵，是止戈为武的境界。面对强敌，沙子龙展现出从容豁达的气度，他礼貌中带着精明，以退为进。孙老者多次挑战未果，只得悻悻离去。

两种境界其实也难分高下，全由读者自己理解。相比而言，多数读者钦佩沙子龙的礼数和武境，因为其中带着中华民族以和为贵的文化内涵。当然，老舍并未言明自己的态度，也让孙老者和沙子龙的比武成了悬案。

如果说"输赢"悬案引发了文武两界的争论，那么小说最后的"不传"更是众说纷纭。小说的结尾："夜静人稀，沙子龙关好了小门，一气把六十四枪刺下来；而后，挂着枪，望着天上的群星，想起当年在野店荒林的威风。叹一口气，用手指慢慢摸着凉滑的枪身，又微微一笑，'不传！不传！'"[1]沙子龙武艺精湛，一套断魂枪更是出神入化，在今天看来大概率会被列为非物质文化遗产。他为什么不传呢？

---

[1] 老舍. 断魂枪 // 老舍全集：第7卷. 修订本. 北京：人民文学出版社，2008：327.

很多人解释为时代变了，传统武术已经不时兴，更不实用了。老舍就曾表明，如果写成，那么其主题所要表达的是"时代变了，单刀赴会，杀人放火，手持板斧把梁山上，都已不时兴"[①]，"大刀必须让给手枪，而飞机轰炸城池，炮舰封锁海口，才够得上摩登味儿"[②]。因此，传统武术已经没必要传下去了。

沙子龙的不传被解读为"清醒"，照应了开头"东方的大梦没法子不醒了"[③]。反之，沉迷于传统武术的孙老者则是当局者迷的代表。他将武术视为一生最大的追求与信仰，但是这种信念仿佛与那个不断变化的时代有了很大的隔阂。他们还都沉浸在历史的睡梦中。但是沙子龙不是，他已然清醒。在现代的枪炮面前，武艺似乎成了一种可有可无的东西；现代交通也快速发展，走镖的行业已日薄西山。"连沙子龙，他的武艺、事业"，也都成了明日黄花，"他的世界已被狂风吹了走"[④]。

---

① 老舍.歇夏（也可以叫作"放青"）//老舍全集：第15卷.修订本.北京：人民文学出版社，2008：276.

② 同①.

③ 老舍.断魂枪//老舍全集：第7卷.修订本.北京：人民文学出版社，2008：320.

④ 同③ 321.

第四章 底层世界的守望者

【经典品读】

《断魂枪》的开头

沙子龙的镳局已改成客栈。

东方的大梦没法子不醒了。炮声压下去马来与印度野林中的虎啸。半醒的人们，揉着眼，祷告着祖先与神灵；不大会儿，失去了国土、自由与主权。门外立着不同面色的人，枪口还热着。他们的长矛毒弩，花蛇斑彩的厚盾，都有什么用呢；连祖先与祖先所信的神明全不灵了啊！龙旗的中国也不再神秘，有了火车呀，穿坟过墓破坏着风水。枣红色多穗的镳旗，绿鲨皮鞘的钢刀，响着串铃的口马（口马，指张家口外的马匹），江湖上的智慧与黑话，义气与声名，连沙子龙，他的武艺、事业，都梦似的变成昨夜的。今天是火车、快枪，通商与恐怖。听说，有人还要杀下皇帝的头呢！

然而，以"过时""无用"解读"不传"是牵强的，尤其是在传统武术大兴的今天，人们更为武林绝学"断魂枪"的失传感到深深的遗憾。传？还是不传？沙子龙的"不传"更像是倔强的姿态，固执地表明自己的立场——文无第一、武无第二。他的武艺要么是天下绝学，要么宁可不传。将来的后辈不要去学永远成不了第一的断魂枪，而要去学更为先进的枪炮，向西方学习。他的"不传"是对传统决绝的立场，代表了武者对先进、对第一的武道信念。

沙子龙对武道的信念也代表了国人对文化、国力的追求和信念。因为曾经的秦皇统一、汉唐盛世、康乾盛世，所以国人是不甘屈于人后的，因此盲目片面地追求最先进、最现代的文化科技，而对于传统弃若敝屣。类似于沙子龙的知识分子不在少数，他们倾心于传统文化，但在实用的价值观下，选择了急功近利的方式，宁可斩断文化的根也要转向西方。"不传"不是沙子龙一个人的文化选择，而是近现代几代学人的文化选择。

今天回顾这段历史，惋惜之情尤为切切。惆怅中传递出的不只是人生感叹，还有文化的失落。"武"不只为争强好胜、好勇斗狠，亦有锻炼筋骨、强健心魄之功用。传统武术注重实用，但更重心魄。沙子龙从实用价值角度出发，强调"武"的工具理性，因此面对现代枪炮军舰心生颓然。但殊不知，"武"还有文化作用、心理功效。"武"可以铸精固神，一旦不传便成了真的"断魂"之枪。孙老者和从前的沙子龙生命力旺盛，精气神充足；而放下枪的沙子龙不过颓然一老者，他失去了信念、失去了根基。表面上，沙子龙比孙老者清醒，但论元气和生命力，沙子龙老态尽显，步入暮年。人失去了根基，失去了浸染多时的传统,必然会感伤颓废。

人如此,国也如此。传统文化面对西方现代文化强势入侵固然曾节节败退,但对中华民族而言,传统文化有难以替代的作用。经过一个世纪的取舍争论,传统文化又强势回归。今天国人已经发现,一味追求西式、强调现代化,片面强调工具理性,造成了许多负面现象。传统文化的价值再次被挖掘,重新展现出强大的生命力。民族的精气神也焕然一新。

老舍看中的是传统文化的价值,文化的长久生存必须经过反思、矫正与不断充实。凭借老牌字号的历史在当下的时代自夸自傲,拒绝创新和改变,必然是要走向灭亡的。因为保守与自私,祖国很多珍贵的文化遗产被埋葬在历史的进程中了。《断魂枪》展示出老舍两方面的忧思:一方面,他担心王三胜、孙老者那样沉浸于东方大梦的人不能及时地开眼看世界,沉醉在自己的武侠世界里;另一方面,他也批评了沙子龙这类"清醒者"。沙子龙对传统文化完全弃若敝屣,坚定地"不传"以示其文化取舍,其实是从一个极端倒向了另一个极端。

在《断魂枪》中,老舍表现了三个人、一桩事。这三个人与一桩事是老舍从很多材料中选取出来的,所有这些都已经在老舍心中被想过无数遍,所以,在故事中,三个人都可以立得住。老舍对三个人物都有批评,但自始至终不显露痕迹,甚至没有多少幽默讽刺。小说笼罩在旧日的光辉中,苍凉的结尾透露出浓重的悲剧意味，反衬着武者的高大和尊严。这是老舍式的国民性批判。他不像鲁迅等启蒙作家，用投枪匕首讽刺或者用鞭子拷问国民以及自身的劣根性。老舍总是温情地、带着同情的眼光批评他的同类。

老舍个人对《断魂枪》这部小说也比较满意，曾多次提到，这部小说"精炼""利落""含蓄""余味可嚼""从从容容""长短适中"，甚至比长篇小说更加精彩。通过这么小的一件事，将三个人串联起来，篇幅不多不少，虽然材料会有所损失，却凸显了艺术的美，由此看来五千字要比五万字更好。这部小说真诚而精练地写出了一个不断发展的时代中旧文化的衰微，细致的构思蕴含了浓郁而复杂的情感，不仅抒发出对国术没落的感慨与惋惜，也流露了与昨天告别时的留恋和悲凉。

第四章 底层世界的守望者

《老字号》：商人的面子与里子

经济是时代转型中具有决定性的因素，但中国作家在回答"经济如何影响20世纪的中国"这一根本问题的时候却大多没有交出理想的答卷。茅盾的《子夜》和老舍的《老字号》是为数不多的对经济问题给予回应的经典作品。但相比于《子夜》波涛汹涌的三方商战，看似平淡无奇的《老字号》却触摸到了新旧交替时代的商战暗流。尤其是在今天的经济环境、社会文化变迁的语境下重读，小说的寓意更耐人寻味。

小说只有三个主要人物：钱掌柜、周掌柜、三合祥的大徒弟辛德治。钱掌柜是绸缎行业大家一致认可的老手，和三合祥被公认为老字号一样。他苦心经营的三合祥，自始至终透露着"官样大气"，这么多年来从没有"胡闹八光"，卖的就是这个老字号的品牌。老舍通过质朴却精到的铺叙，传达着自己的情感。"金匾黑字，绿装修，黑柜蓝布围子，大机凳包着蓝呢子套，茶几上永放着鲜花。"①钱掌柜做生意非常朴实，从不为了拉客人搞一些打折、抹零，也不做广告宣传。柜台前没有伙计大声吆喝，只有钱掌柜偶然间咳嗽才会发出一些声音。但是，一旦有伙计口气出错了，钱掌柜都会立马察觉到。也正是在他的经营下，三合祥有了很多规矩和老文化气息，使得三合祥的品牌都越发有了尊严。三合祥的伙计们晚上提着带有招牌字样的灯笼，巡警们都会对他们略显尊重。但是，这种君子之风的生意，竟逐渐变得衰微了！钱掌柜为人正直、恪守规矩，生意却赔了。东家不顾其他，只想在年底能够得到自己的分红。可不是吗，生意赔了，这是谁都无法改变的结局。

周掌柜，是一个特别时髦和满街拉客的活跃人。从进门起，他的眼睛就四处乱看。没几天时间，他就将老三合祥改成了蹦蹦戏的棚子——扎彩牌、搞折扣、大减价、敲洋鼓吹洋号、发传单宣传，甚至给客人送洋娃娃。在文中，老舍是这样形容他的："周掌柜喜爱这个，他愿意看伙计们折跟头，打把式，更好是能在空中飞。"②更为让人觉得卑鄙的是，一旦学生们开始检查日货时，他便大量地上东洋画。也就是这样一个所谓的"野鸡"掌柜，使得三合祥从亏损逐渐走向正常。不管这

---

① 老舍.老字号//老舍全集：第7卷.修订本.北京：人民文学出版社，2008：313.

② 同① 316.

第四章 底层世界的守望者

样的经营方式是否能够长久,世界变了、世道变了,这都是不争的事实。老舍在盈利与道德缺失的二重对比中,描写了两个掌柜的不同形象,字里行间隐约透露着一种哲理性的抨击。

今天的网红产品很容易迅速走红,凭借包装炫酷、营销方式多元在青年学生中流行走俏,然而,虽然其外表吸引人,产品质量却往往并不理想,在短暂流行之后就是大量的差评。因此,今天读《老字号》,更容易让人体会产品质量的关键,更会让人被老字号的气度和作派折服。但实际上,老字号的现代经营的确面临着压力——酒香也怕巷子深。

辛德治是第三个人物。"很拿点事"的大徒弟辛德治,在小说中的形象很值得细细揣摩,可以将他看作"化外"的老舍。这种人物刻画手法也是老舍喜欢用的——老舍的小说中时常会有一个"老舍"站在那里。辛德治在内心情感上想要保住老字号,但是理性告诉他应当服膺于新作派。老舍通过选择辛德治这个"中间人物",使自己的怀旧有理的情节有所依托。小说在开篇描写辛德治因为钱掌柜离开三合祥,几天没有好好吃顿饭。他并不是感情用事,而是已经预料

《蛤藻集》封面

到钱掌柜的离开会带走很多无法恢复的东西。老手、老字号、老规矩,也都随着钱掌柜的离开消失了。三合祥光荣的历史,"是长在辛德治的心里的"[①]。他最讨厌的就是对门的正香村,但是当时正香村生意正旺,三合祥却逐渐衰败。"他不明白这是什么道理。难道买卖必定得不按着规矩作才行吗?"[②]"他得和客人瞎扯,他得让人吸烟,他得把人诓到后柜,他得拿着假货当真货卖……他不能受这个!"[③]但是,过了一段时间,他又不得不佩服那个会说相声的周掌柜了,因为周掌柜主要是靠着把日本布"变"成德国货、英国货或国货,赚了不少钱。直"变"到三合祥都容不下他,周掌柜干脆直接"跳"到可以施展他自己本领的天成绸缎店去了。

辛德治的矛盾心态既体现了现代化进程中人的内心博弈,又反映出价值理性和工具理性之间的冲突。尤其应注意的是,老舍把现代化的宣传和赚钱赔钱视作理性,而把道德视作感性。他内心倾向于道德高尚的老字号,可又把现代化视作不可逆转的进程。现代性是多数中国作家追求的进步的、科学的价值观,老舍却把现代性置于道德的对立面并加以批判,这是老

[①] 老舍.老字号//老舍全集:第7卷.修订本.北京:人民文学出版社,2008:315.

[②] 同①.

[③] 同① 316.

舍的特殊之处，也是老舍的长处。此种矛盾是老舍小说中最为典型的冲突——理智与情感的冲突。

老舍所谓的"理智"往往是现实的生存问题，对个人而言是吃饭问题，对商店而言是盈利问题。从《老字号》以及老舍其他作品中，我们不难看到这层逻辑：没有盈利的商店，就不愿多顾忌道德和诚信；没有饭吃的人，也不会顾及荣誉或者爱情，更不会顾及面子的好与坏。因此，老舍对老规矩、老字号、老掌柜的态度是鲜明的。他用辛德治的矛盾反映出生存为重的价值观。底层人民出身的老舍知道生存的重要性，他的小说透露出他的生活经验——活着永远比面子更重要。

生存的压力一直蔓延在老舍作品之中，对现实清醒而又悲观的认识造就了老舍小说的特点。茅盾认为，老舍和"从热蒸蒸的斗争生活中体验过来的作家们笔下的人物有不小的距离"[1]，就是说老舍的作品没有激情。他的小说中既没有"有时候仍不免呐喊几声"[2]的鲁迅那样的猛士和狂人，也没有巴金那种激流涌动的青春气质，"有一颗飞向广阔的天空的雄心"[3]。我们可以发现，老舍的小说有一道无形的壁障，仿佛盖了盖

---

[1] 茅盾.光辉工作二十年的老舍先生//舒济.老舍和朋友们.北京：三联书店，1991：88.

[2] 同[1].

[3] 同[1].

子，有莫名的压抑。祥子无论怎么好强、怎么翻腾，也逃不出堕落的命运；王利发再怎么精明能干，也逃不脱"改良改良，越改越凉"的悲剧。《老字号》更像一部总括式的寓言小说。

倘若用本章的三部作品总结老舍的艺术特色，不难发现：老舍的作品气氛犹如《月牙儿》，微光惨淡，没有日光的绚烂夺目，也没有花前月下的朦胧浪漫。月牙儿仿佛是天穹上的盖子，生存的压力始终挥之不去，女性的悲惨命运让人深感压抑。而老舍笔下的人物又像沙子龙，明明有一战之力，却思前想后，顾虑重重，缺乏亮剑的勇气和万丈的豪情。面对时代发展，"不传"背后的无奈使得那条大枪只能倚墙而立；武器一旦失去了战意，就丧失了灵魂，成了"断魂枪"。《老字号》表达的则是老舍小说的主题：生存就得理性，就得务实。浪漫不当饭吃，激烈只能走向毁灭，老字号再怎么让人舒服也得为了肚子抛去面子。

然而，理智却只是老舍的一个方面。在旧社会的压迫下，为了生存，女性没有资本在乎道德与尊严，《月牙儿》没有炙热的温度和炫目的光彩，却有"月亮走，我也走"的陪伴，那些无助的穷人、女人总能在老舍的作品中感受到温暖、温情；《断魂枪》失去了战意，却自有一番气度；而老掌柜失去了工作，却收获了同情和徒弟的爱戴。情感在老舍的作品中无处不在，人文主义的关怀始终伴随其作品全部。老舍说："我的感情老走在理智前面，我能是个热心的朋友，而不能给人以高明的建议。"[1]这不是自谦，而是老舍作品的伟大之处。

【我来品说】

1. 老舍在《月牙儿》中描写了一个女孩子在旧社会里为了生存而无可奈何地堕落，小说中多次描写天上的"月牙儿"，分别有怎样的象征意义？
2. 怎样看待《断魂枪》中沙子龙"不传"武艺的选择？

---

[1] 老舍.我怎样写《老张的哲学》//老舍全集：第16卷.修订本.北京：人民文学出版社，2008：163.

第五章 《茶馆》：一曲旧时代的葬歌

导读

老舍不仅是中国现代小说的巨匠，也是中国话剧领域的丰碑。朱光潜曾这样评价："据我接触到的世界文学情报，全世界得到公认的中国新文学家也只有沈从文与老舍。"由此能够看出老舍的重要地位。老舍的话剧代表作《茶馆》享誉世界。

第五章 《茶馆》：一曲旧时代的葬歌

末世悲歌下的众生百态

《茶馆》的时间轴线由清末戊戌政变至抗日战争胜利，在这段历史时期，中国政权起伏动荡。从清朝末代封建制度到民国政府时期，再到新中国成立前夕，改朝换代，社会环境始终不得安稳。在动乱的岁月中，中国民众一直生存于战乱的恐怖之下。由此，整部《茶馆》笼罩在时代更迭末期的沉郁气氛之下，隐伏着悲彻的旋律。老舍用70多个人物，于小茶馆的舞台上淋漓尽致地展现了中国大社会50年历史变迁中光怪陆离的众生百态。

老舍曾说过，茶馆是三教九流会面之处，可以容纳各色人物。一个人物即是一个故事，而所有故事汇集起来便成了一个小社会。《茶馆》把所有的人都融合到同一个空间里，在来来往往的人们三言两语的细碎交谈中为我们展现出了各阶层人物的生活状态以及社会的变迁。一部《茶馆》写出了不同人物的生命历程，浓缩了时代的起伏变化，可以说折射出了新中国成立前近50年的中国社会缩影。

戊戌政变失败后，清廷保守派镇压维新派，中国身处帝国主义的瓜分苦难之下。这是清朝末年的社会光景，《茶馆》的第一幕便是在这样的社会背景下拉开的。

茶馆内各处都贴着"莫谈国事"四个醒目的大字，来往的客人也都是茶馆的老熟人。《茶馆》的核心人物之一，也就是"裕泰大茶馆"的老板——王利发，无疑是串联起整部话剧的线索人物，"精明、有些自私，而心眼不坏"[1]。旗人常四爷的一句"大清国要完"[2]便招惹来进大牢的祸患，不让说的话不能说，说了可就要小心脑袋了，这就是清朝末年的真实状态。"吃洋教的小恶霸"[3]——马五爷，坐在茶馆的一角不露声色，在二德子与常四爷的争执中，两句劝阻便吓得二德子消了气焰。马五爷有事情可以一直地找宛平县的县太爷去，由此连官面上都不惹他。清朝末年统治阶层的可悲之处也体现于此，同等的平民阶层也分个地位高下，听闻洋人势力也需考虑三分言行。

康六因土地破产而身陷穷苦，养不起女儿，无奈将其卖掉换十两银子，更可悲的是，女儿要交给的是一个宫里当值的太监！若不是贫困潦倒，谁又能忍心送自己的骨肉去受这般屈辱？

---

[1] 老舍.茶馆//老舍全集：第11卷.修订本.北京：人民文学出版社，2008：261.

[2] 同[1] 272.

[3] 同[1].

第五章

《茶馆》：一曲旧时代的葬歌

"无论怎么卖，也对不起女儿！"[①]可即使如此，刘麻子甚至也觉得十两银子给多了，在见总管时甚至要求顺子磕头。由此可见，清政府的腐败，残害最深的无疑是底层的老百姓。更有衣衫褴褛的乡妇带着女儿小妞走进茶馆，乞求有人买下自己的孩子，能给二两钱便知足……正如王利发所说，这种事情太多了，谁也管不了。清末时期，百姓生活动荡，生计难保，割舍骨肉的现象比比皆是。其时是帝国主义操控着中国政府，清廷仰仗洋人的势力，清朝末年的人们真如同行尸走肉一般，人人可悲，却又不敢言说。

在老舍笔下，茶馆笼罩在沉郁的政治环境之中，同时它也是百姓生活娱乐的重要聚集地，是人们休憩交流的公共文化空间。"有的说，有的唱""有提笼，有架鸟"，《茶馆》幕前便为我们展示了其空间一派热闹的民俗景象。

茶馆中所提供的茶、点心以及饭菜都能够顺着百姓的喜好来，价格合理，即使是普通老百姓也能消费得起。人们在这里歇脚喝茶，说着大小新闻、家长里短。也就是这样的一种休闲娱乐场所，吸引了不同层次的顾客前往喝茶，有为大清皇朝效力的庞太监、敢作敢当的满族旗人常四爷、维新派资产阶级人士秦仲义，以及被父母出卖的可怜少女康顺子……各个层次的

---

① 老舍.茶馆//老舍全集：第11卷.修订本.北京：人民文学出版社，2008：268.

人都聚集在茶馆里。

茶馆容纳了各种各样的文化底蕴,有藏污纳垢的民俗文化,也有高贵脱俗的上层文化,每个人都能够在这里寻找自身的归属感,当然,这也是茶馆所具有的特殊价值。和专门的政治议事地点不同,茶馆不是封建统治者的专属,一般普通市民也能够在这里讨论政治,商事的、说媒的、小憩的也都会到此地。大家有事没事都能够在茶馆坐上半天,茶馆也在相当意义上充分发挥了中国民间社会公共场所的文化职能。

老舍在描绘清末旧社会的黑暗现状时,也将对茶馆文化的珍惜蕴含其中,这是百姓生活的寄托,也是最平凡人民生活的状态,是社会大环境的缩影。然而,也就是这样的一个茶馆,贴满了"莫谈国事"的纸条,变卖女子、穷人乞讨也无人理会,这茶馆逐渐变得冷漠,人们也变得小心翼翼。十余年后,这是茶馆第二幕的场景。

民国初年,军阀混战。辛亥革命后,胜利的果实落入反动军阀手中。封建大清王朝被打倒,但并未从根本上解决中国的问题。帝国主义列强群龙无首,各执一方,社会动荡不安,人民生活处境更加悲惨。随着社会时代的变迁,茶馆的样式也发生了变化,不再是清朝时期的布局,王利发也跟着形式对茶馆做了改良。虽然各样的布局都更换了,但是"莫谈国事"的纸条仍然在,甚至更大了,这也能看出王利发在乱世下经营的小心

第五章

《茶馆》：一曲旧时代的葬歌

翼翼——敏感的政治话题，是只为了能讨个生计的小老百姓谈论不起的。虽然已经到了所谓的民国时期，但人民不过是统治者的幌子，统治者的工具人打着为人民办事的旗号在摆他们的官架子，人民仍然是民不聊生，仍然是说话遮遮掩掩。这小茶馆，根据局势不断地变革经营方式，但就算如此，仍是难以维持，雇不起更多的伙计，累得李三和王淑芬整日抱怨即使不被炮轰死也会累死在这里。

茶馆的地位与尊严随着社会统治阶层对人的压迫与剥夺一并被摧残。虽然表面上茶馆还是维持着顾客往来的繁荣，依旧会迎合人们的喜好，但是往来顾客的身份变了，他们的喜好也变了。往来茶馆的人们各行其是，有保守派，有维新派，有替洋人卖命的，有等待大清复辟的，政府当局在外国势力面前形同摆设，任由洋人势力在国内横行霸道。

茶馆为了生存、为了糊口，只能不断地更新经营方式。茶馆已经不再是老百姓闲谈休憩的茶馆了。随着民国政府的建立，在一个新的时期到来的同时，往日的茶馆也一并消失在历史前进的洪流中。一座"茶馆"抵挡不住国民党当政的混乱，也抵挡不住传统文化的流逝。

抗战胜利后，国民党特务和美国大兵在街头横行。茶馆的第三幕拉开帷幕。

茶馆已然不像前一幕那般体面。"莫谈国事"的纸条更多，字也变得更大。一张"茶钱先付"的新字条显眼地贴在一旁。就像王利发说的，茶钱、煤球钱一会儿一个样，一盏茶的工夫可能就变了；为了避免麻烦，不得不提醒大家先交茶钱。抗战终于取得了胜利，可是就算胜利了，百姓好像仍然没有过上好日子。在美帝国主义的大旗下，洋人的附庸者不断压榨以王利发为代表的小人物。国民党特务横行街头，小刘麻子要组建舞女、明娼、暗娼、吉普女郎和女招待的"拖拉撕"，究其目的，不过是要联合霸占茶馆。茶馆为了能够顺从政府、维持经营，费尽心思地进行调整，甚至违背了匾额上"裕泰茶馆"几个大字的初衷。可即使是这样，在国民党反动派的迫害下，茶馆仍然没有立足之地，最终被改成了特务情报站，而老掌柜王利发也打发了家眷，最终自杀而亡。在茶馆中的人，命运的走向不是由自己决定的，统治阶级对茶馆进行控制、敲诈，明目张胆地占有。茶馆作为百姓公共生活空间功能的消失，是人们精神栖息地的消失，是人们精神寄托的破灭。

  王利发的一生属于这间茶馆。他看着茶馆从兴旺逐渐惨淡直至覆灭，经历了三次历史的变迁，看过了形形色色的人。生在这里，死在这里，这是王利发对茶馆的深厚情感的体现，也是他对这时代最后的顺应。为了维持茶馆的经营，作为小生意人的王利发可谓顺从圆滑：在"吃洋饭的"马五爷面前"不敢得罪"；为保住茶馆的租赁，言语上对秦仲义毕恭毕敬；而

第五章
《茶馆》：一曲旧时代的葬歌

面对巡警、大兵的上门压榨，小心翼翼地恭维、掏钱消灾。他甚至随着社会的动荡变化，不停地改革布局与经营模式，时常念叨着那句警示台词"莫谈国事"，末了却被小刘麻子主导，让茶馆成为宪兵司令部沈处长等人的消遣公馆。王利发的一生都在改良之中，谨慎处世，正如他所言，做了一辈子顺民，见谁都请安、鞠躬、作揖，可最终却在与秦仲义、常四爷的自我祭奠中，绝望地吊死。"为什么就不叫我活着呢？"[①]这是自我灵魂的拷问，也是对时代的质问。

常四爷是茶馆的老熟人之一。常四爷热心正直，直言不讳，因在茶馆交谈间一句"我看哪，大清国要完！"[②]而被暗探灰衣人宋恩子、吴祥子听了去，被抓进监狱。虽然坐了一年大牢，但出来后赶上庚子年，参与义和团运动"扶清灭洋"，保卫故土，到底是热爱着自己的国家。大清终究还是灭亡了，常四爷五更早起卖菜谋生，活得有尊严、硬气。

与常四爷同属旗人的另一位主角，便是秦仲义。如果说前者是满怀正气地抗击倭寇，那后者便是心怀理想地创业，希望振兴中国。他意图收回租给王利发的茶馆，卖掉城乡土地，用拢在一起的本钱开工厂。秦仲义接受过进步思想的启迪，很早

[①] 老舍.茶馆//老舍全集：第11卷.修订本.北京：人民文学出版社，2008：320.

[②] 同[①] 272.

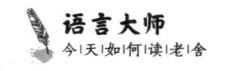

就拥有了抵制外货，救中国、富强中国，需要开顶大的工厂的前卫意识。他主张的核心是践行"实业救国"，认为只有发展民族资本主义才能够真正地救中国，让百姓真正过上好日子。国民党政府并非国民的政府，它隶属于帝国主义，自然不会任由秦仲义经营自己的工厂，硬是给他的资产扣上了莫须有的"日伪逆产"的帽子，维新变法失败、工厂拆迁，秦仲义也最终破产，结局落魄，实业救国的主张、富国裕民的事业也随之破碎。

百姓的命运被掌握在政府的手中，然而变幻的世道只能带来苦痛的未知未来和民不聊生的社会乱象。秦仲义、王利发与常四爷最终聚在一起，撒下提前为自己预备的纸钱，祭奠这忙忙碌碌、心惊胆战的日暮途穷的悲凉人生，也祭奠消亡的时代和当下这不知哪年也会灭亡的时代。

【经典品读】

《茶馆》撒纸钱片段

王利发："改良，我老没忘了改良，总不肯落在人家后头。卖茶不行啊，开公寓。公寓没啦，添评书！评书也不叫座儿呀，好，不怕丢人，想添女招待！人总得活着吧？我变尽了方法，不过是为活下去！是呀，该贿赂

> 的，我就递包袱。我可没作过缺德的事，伤天害理的事，为什么就不叫我活着呢？我得罪了谁？谁？皇上，娘娘那些狗男女都活得有滋有味的，单不许我吃窝窝头，谁出的主意？"

《茶馆》中，三个历史时期的掌权者实际上都是帝国主义，特务暗探与清朝政府、军阀、国民党等众多势力熔合成了一个专制统治摧残人性、正气且政治腐败的熔炉。老舍揭示了于水火之中生存的苦难人民，也预示了旧社会必然灭亡的命运。王利发的顺从行不通，秦仲义的改革也行不通，底层的普通百姓又能对抗什么呢？只能任由政府不断地折腾，在夹缝中祈祷多活一天。可也不全是为了活着，就像王利发，选择死去可能也是给自己留的最后一点尊严吧。

而对于中国的前途，又该如何思考？《茶馆》中并没有明确地指出中国社会将要走向何方，但或许我们能够从字里行间的暗示中，读出作者隐含的态度。王利发在茶馆自杀前，安顿好家眷去处，要他们一同到西山找康大力会合。此时，"远处传来隆隆的炮声"，这炮声其实象征的是在京郊西山的解放军要打进城，"解放军"一词象征着黑暗社会苦难人民的解放，也意味着这黑暗的时代即将成为过去，一个为人民的崭新的时代即将到来。

老舍的《茶馆》,写尽了旧社会的黑暗,迫切地想要结束这悲惨的社会光景,但是在王利发"改良"茶馆的挣扎中,也蕴含着对茶馆老样式的不舍、对旧社会老文化的留恋。旧社会的各种封建野蛮势力,不断干扰和压缩着茶馆这个市民的公共生存空间,使其逐步走向萎缩和衰败,这也意味着民众言论自由生存空间和精神文化生存空间的逐渐减少,这种局面直到1949年以后才彻底结束。应当说,老舍先生对于茶馆的消失,一定是深感痛苦与不悦的。

传统茶馆所具备的独特价值在老舍的笔下体现得淋漓尽致,茶馆的不断变迁也给时代的演变留下了线索。而老舍的平民出身,加上他常进出茶馆的生活经验,都为《茶馆》的写作打下了文学基石。但就是在这种充满形形色色的人的茶馆中,也蕴藏着对民间市民文艺的深刻思考和美学启示。身为民众人文情感沟通与宣泄的场地,裕泰茶馆以其感性情感能量在晚清封闭的社区生活中,充分发挥着不能忽略的能量。也是由于此,当裕泰茶馆在强权者的抢夺下不能力挽狂澜,也无法徐徐退出社会舞台时,老舍根本无法压抑心中的惋惜与哀伤。于是,在茶馆最终走向衰亡之时,老舍借某人物之口,表达了哀惜叹惋之情;在政治上埋葬三个旧时代人物的时候,也对伴随着旧时代消失和覆灭的宿命展开了史学的多维度反思,借传统中国市民民间文化形式——茶馆的消亡演绎出了一曲深沉的中国历史文化挽歌。

老舍也曾身为时代下层人民，处于时代更替之际，其原生家庭、独特的生活经历决定了他对时代有着深厚的悲痛感，这也是《茶馆》基调沉重的主要原因。但是，老舍更多地将笔尖指向戾气积压的时代，对于人民的命运穿插隐伏的哀悼情感，在呐喊中让人坚信冲破黑暗的光明终将到来。谈笑中不忘心酸，悲情中看见希望——老舍将自己的情感完全倾注在《茶馆》中，将他对旧时代的憎恨和对传统文化的珍惜浸入整部作品中，这无疑成就了这部带有革命色彩且经久不衰的《茶馆》。

风云变幻中的社会矛盾

作为中国话剧史上的里程碑,《茶馆》已成为中国戏剧界不可动摇的重要存在。其以人物的塑造艺术见长,人物数量丰富、典型化程度高,示范意义在当代话剧史上仍然不可忽视。而众多人物交互碰撞,其产生的矛盾冲突亦不在少数。《茶馆》中介绍了戊戌政变失败、北洋军阀割据、国民党统治三个时期的历史变迁,阐述了当时我国社会上各阶层、势力之间尖锐的对立与冲突,半殖民地半封建社会的历史命运就展现在茶馆的四方舞台上。

戊戌初秋,维新运动失败。第一幕中二德子和常四爷之间的剑拔弩张打破了茶馆中的沉寂。一只家鸽,引发茶馆生出约定打手、必要武力解决的矛盾——只因常四爷一句"反正打不起来"[1]的闲杂话儿入了二德子的耳,两人便抻着劲儿怼话,气氛紧张,盖碗摔碎,险些大打出手。维新派秦仲义与卫道的顽

---

[1] 老舍. 茶馆 // 老舍全集:第11卷. 修订本. 北京:人民文学出版社,2008:266.

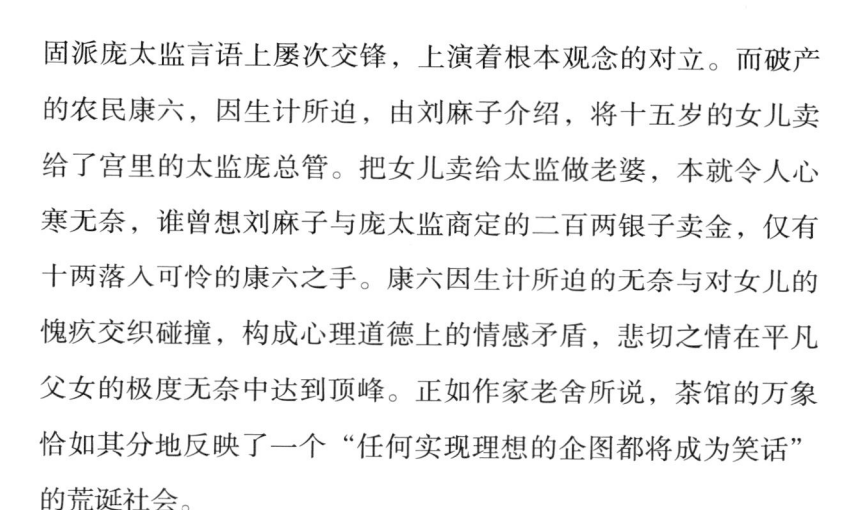

固派庞太监言语上屡次交锋，上演着根本观念的对立。而破产的农民康六，因生计所迫，由刘麻子介绍，将十五岁的女儿卖给了宫里的太监庞总管。把女儿卖给太监做老婆，本就令人心寒无奈，谁曾想刘麻子与庞太监商定的二百两银子卖金，仅有十两落入可怜的康六之手。康六因生计所迫的无奈与对女儿的愧疚交织碰撞，构成心理道德上的情感矛盾，悲切之情在平凡父女的极度无奈中达到顶峰。正如作家老舍所说，茶馆的万象恰如其分地反映了一个"任何实现理想的企图都将成为笑话"的荒诞社会。

民国初年，军阀混战。军阀在帝国主义的旗帜下割据，随时发动内乱。茶馆也因时代背景生意衰微，艰难经营。第二幕徐徐展开。

难民来到茶馆门前，乞讨不成，被巡警大声呵斥驱逐。军装破烂、背着枪的大兵和"老总们"闯进茶馆，以喝茶为由，摆着官架子压榨平民；若是没有现大洋，就威胁动手，拳头相待。最终，大兵在得了便宜的巡警的阿谀谄媚中接走钞票、顺走桌布，悻悻而走。以巡警、大兵为代表的统治阶级的工具人为谋求利益，与以王利发为代表的平民的对立迂回，以百姓的绝对性利益损失为结果。戊戌年间，性格耿直、一腔爱国情的常四爷只因多嘴了一句"大清国要完"，竟坐了一年多的大牢。

抗战胜利后，国民党特务和美国大兵在北平横行。裕泰茶馆已然黯淡无光，几近萧条。一心想做三皇道"皇后"的庞四奶奶，妄图以拉拢庞太监名义上的眷属康顺子，体现所谓的"仁义"，却遭到康顺子怒目相对、严厉回斥，体现了前者的虚伪可笑。王利发与庞四奶奶的唇枪舌剑更是掀起了沉寂茶馆里的矛盾波澜。谢勇仁、于厚斋两位学校教员罢课停职，却遭茶馆埋伏下的打手小二德子追问，冲突以小二德子挨打撤退终了。小宋恩子与小吴祥子穿着新洋服装腔作势，欲抓走"暴动的主使者"——康大力。具体人物之间的微观矛盾激起层层波浪，在茶馆的四方空间呈现了一幕幕话剧高峰。

回到《茶馆》的社会背景与时代变迁，清朝末年的社会乱象蕴藏在生意兴旺的茶馆繁荣之下，再到内战不断、人民生活艰难困苦，最终破败不堪，甚至造成生命悲剧。茶馆的众生百态均是社会黑暗动荡、更迭演变的切实反映。《茶馆》中并无具体的、贯通始终的话剧矛盾，但正是一个个散点式的小人物，将社会政治动乱与巨大的历史背景缩小、埋藏，隐秘地呈现。《茶馆》的基本矛盾，其实是人物命运与时代的矛盾。如小人物李三向王利民发出"在哪儿也是当苦力"[1]的无奈抱怨，逆来顺受的王利民丢了银子还向所谓的"老总们"赔笑脸、讲好话，还有为了活命而要饭甚至欲卖女儿的乡妇小妞母女，无

---

[1] 老舍.茶馆//老舍全集：第11卷.修订本.北京：人民文学出版社，2008：288.

不深切地反映了帝国主义支持下的军阀混战给中国留下的苦难。帝国主义的力量侵蚀、封建统治者的荒淫迂腐等一系列社会现实,暗示了封建社会和反动统治的腐朽黑暗。

《茶馆》中的三幕话剧囊括了近代中国半个世纪的历史风云变幻,显示了微观人物延至阶级集团、近代社会的矛盾冲突。小人物尚且如此,大社会又何尝不是平民生活的投映。老舍对一个小小的茶馆精雕细琢、尽心力描绘,实则将笔尖指向苦难深重的旧社会。茶馆里的针锋相对、拳拳相向,是社会百态、不同流派的对立,亦是社会大矛盾的深层体现。

炉火纯青的戏剧对白

老舍能把角色刻画得生动、活泼、饱满，得益于老舍炉火纯青的语言能力。《茶馆》同其他作者的话剧最大的不同之处，就是其语言富有浓郁的生活气息和特色。甚至应该说，《茶馆》的语言是西洋话剧"大众化"最成功的范例之一。老舍在《茶馆》中的语言运用，没有装腔作势，没有故弄玄虚，而是运用地道的北京方言，用极具北京特色的语言技巧，对剧作中的环境及人物进行最真实的刻画。炉火纯青的戏剧语言，通俗中也不乏诗意的美感。北京方言是北京文化的标志，地道的北京方言能够将人物及其所生活的时代场景展示得更加生动，能够拉近与观众的距离，使剧情更具有真实性。

只要是看过老舍话剧的人，最强烈的感受应该就是剧本中浓浓的京味儿。《茶馆》是以北京为背景写的北京人和北京事儿，甚至不必观看舞台表演，只要闭上眼睛听上几句词儿，或者读几句剧本台词，就仿佛看到了北京的百姓、走在北京的胡同里、坐在北京的茶馆中，浓浓的北京气息扑面而来。语言的地方色彩与戏剧中的人和环境融合在一起,给人们营造了充满北京文化氛围的《茶馆》。

比如文中松二爷问的"好像又有事儿?"①、王利发的"不忙,待会儿再算吧!"②、刘麻子的"您二位真早班儿!"③、常四爷口中的"您可真有个狠劲儿"④等等儿化音的熟练使用,反映了地道的北京语言的一大特色。另外,在人称代词的使用上,老舍多用"您"表示,如"您喝这个"⑤、"您后边坐"⑥,王利发对崔久峰说的"您这样的好人,应当出去作官!有您这样的清官,我们小民才能过太平日子!"⑦,等等。敬辞的使用,也反映了北京的区域特征。此外,文本中读来较为明显的还有叹词、语气词的大量使用,如"您别这么说呀!"⑧、"谁叫咱们是弟兄呢!"⑨、"电灯费?欠几个月的啦?"⑩,

---

① 老舍. 茶馆//老舍全集:第11卷. 修订本. 北京:人民文学出版社,2008:266.

② 同① 267.

③ 同① 267.

④ 同① 269.

⑤ 同①.

⑥ 同①.

⑦ 同① 294.

⑧ 同① 294.

⑨ 同① 295.

⑩ 同① 302.

丰富的后缀词给人物的话剧语言镀上了生动的情感色彩。句子的使用则摒弃冗长杂糅，多短小句，读来凝练明快，表意清晰灵活。

《茶馆》虽然只讲述了一件件发生在茶馆中的故事，却是对当时整个北京城的百姓生活的写照；老舍用富有京味儿的语言，把老北京百姓的谦逊、朴实以及幽默等各种性格表现得栩栩如生。《茶馆》中的语言虽然简短，却无比生动，使人物典型化、立体化，鲜活生动。在第三幕里面，取电灯费的来到茶馆，听到小刘麻子搬出沈处长作为后盾，便连连退让："什么话呢，当然不收！对不起，我走错了门儿！"[1]短短的几句台词，便将社会怪现象描绘出来，呈现了小人物"见机行事"、屈从势力的畏缩心理。《茶馆》作为一部戏剧，有着非常重要的叙述性，老舍主要是通过人物之间的对话来推动情节的发展，并没有刻意地强调戏剧的冲突，而是更重视人物语言的完整性与个性化。在《茶馆》中，老舍使用了幽默的京味儿语言，将各个角色都刻画得生动形象。每一句台词，都能巧妙地体现人物的特征与性格，也能反映每个人物在社会中的阶层与身份。老舍语言文字艺术上的高明之处，就表现为切合人的身份，一个人的话语就代表了一种人。王利发态度谦敬，切合地展现了小

---

[1] 老舍.茶馆//老舍全集：第11卷.修订本.北京：人民文学出版社，2008：302.

生意人的聪明和圆滑；刘麻子以自我利益为中心，仗势欺人；秦仲义正直爽朗，一心救国……不同的人物皆以各具特色的人物语言塑造、区分。在《茶馆》第三幕中，三位主要人物——秦仲义、常四爷、王利发会聚到一起交流境遇、互诉衷肠。秦仲义坚持实业救国，最后却落得倾家荡产；王利发想尽办法对茶馆进行改良，却还是被政府霸占，在绝望中结束自己的生命；常四爷一生打抱不平，最终落魄街头，无家可归。他们聚在一起，在绝望与悲伤中苦笑，笑声背后透露着悲凉。三位老人的半生随着茶馆的三幕起落动荡，其人生遭际也反映了时代的落幕与更替。

话剧的艺术本质就是语言，人物的语言决定了所塑造的人物的性格。只有极具个性化的语言才能够精准地描绘出各种人物的形象，才能使舞台的表演深入人心。个性化的语言不仅能够丰满人物特点，更能将人物与情境融合起来。老舍就是把握了语言的这项功能，刻画出一个个生动的人物形象，更是在对话过程中，把当时的社会景象间接地描绘出来。

《茶馆》开场，便以聚焦式小情景的集中式描绘，向我们展示了不同人物的性格特色。"王掌柜，捧捧唐铁嘴吧！送给我碗茶喝，我就先给您相相面吧！手相奉送，不取分文！"[1]短短

---

[1] 老舍.茶馆//老舍全集：第11卷.修订本.北京：人民文学出版社，2008：265.

几句就刻画出唐铁嘴以相面为幌子，骗吃骗喝的闲人形象。"咱们既在江湖内，都是苦命人！"[1]王利发的周旋回应，则恰到好处地体现了他灵活应对新老顾客的精明变通。面对二德子与常四爷的争执，王利发说着"都是街面上的朋友"[2]好言相劝。茶馆长久生存的经营之道，离不开掌柜王利发的巧嘴和为人处世的原则。在第二幕中，王利发的茶馆已变成北京城里为数不多的一家，主要是因为他懂得跟随时势进行改良，不仅改造茶馆的布局，他的口中还出现了"All right""Yes"等这类外语。这几句富有时代性的外语，除了进一步突出其圆滑变通的商人面貌外，还写出了人物形象个性的发展和变迁，也反映了当时洋人横行的社会光景。然而，尽管王利发顺应世道进行改良，小心翼翼地经营，低三下四地挽留，但他依旧不能留住他的老茶客，营业了六十多年的老茶馆最后还是未逃过关门的命运。胆小怕事的王利发反思了自己的人生，顺从这个世道，随着时代变化而改变，但是依然遭到了社会的不公正待遇，与社会环境对抗不成、顺应始终，在"为什么就不叫我活着呢"的呐喊中以悲剧结尾。这种鲜明的对话与独白，有利于剖析角色丰富的个性，同时把观者带入纵深思维，令观者深入思考对话中蕴含

---

[1] 老舍.茶馆//老舍全集：第11卷.修订本.北京：人民文学出版社，2008：266.

[2] 同[1].

的作家意图与时代背景，体悟话剧语言的内涵作用。

话剧中人物对话的作用不仅局限于交代情节，在具体的对话语境中也有不同的重要作用。老舍话剧中的人物语言，通过丰富的潜台词深入人的内心，通过语言将人物特征与神态展现出来，也通过语言牵扯着人物的心理发展路线，将人物塑造得更加立体，以此更生动地展现人物形象，使人物具有社会性与时代性。话剧是一种舞台艺术，内涵丰富的话剧语言与舞台呈现相辅相成。老舍的话剧语言为表演者提供动作行为依据，有利于书面语言更好地转化为具象画面，达到艺术形式的转化效果。

话剧中幽默诙谐的语言，是《茶馆》语言的又一大特色，这蕴含了老舍对于底层百姓人民的热爱。他用诙谐轻松的语句，把当时社会的黑暗现象展现出来。在当时战乱频发时期的北京，面对报童的宣传，茶馆掌柜王利发没有直截了当地问报刊内容，而是半开玩笑："有不打仗的新闻没有？"[1]隐晦地表达出人民对于动荡时代下纷争动乱不断的不满。老舍正是以这样一种轻松的笔调进行描绘，与严肃的社会面貌形成反差，促使人们更多地进行深刻思考。《茶馆》是具有一定的喜剧性的悲剧。在第二幕中，刘麻子张罗着"老本行"，与老林、老陈"商议"着买媳妇的买卖。可笑的是，二人竟想凭交情，尝试

---

[1] 老舍.茶馆//老舍全集：第11卷.修订本.北京：人民文学出版社，2008：284.

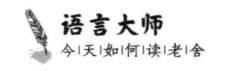

过小三口儿的日子。从戏谑化的语言中，我们读出的更多的是北洋军阀混战时期民众的病态心理，以及投射出的愚昧社会万象。凄凉的场面，加上喜忧参半的话语描述，显示了喜剧表面下的悲哀，引发了人的深入思索和反省。而老舍也能通过朴实平淡的语言对人物加以刻画，发现不平常的道理。

三教聚集交汇，九流轮番登台。一部《茶馆》，将形形色色人物的言行凝结在一个小小的四方空间、落脚休憩之处，也淋漓尽致地反映了帝国主义、封建主义横行蔓延的沉郁时代的变迁。

人物的悲惨结局展示了旧社会的动荡不安，也为《茶馆》笼罩上悲剧的色彩。然而，充满京味儿的语言以及独特的生活经历形成了老舍独特的写作风格。老舍在这部话剧中把悲喜剧巧妙融合，使《茶馆》不仅是反映时代的政治性作品，发挥了鞭挞旧政府的黑暗的作用，也发挥了其独树一帜的话剧的观赏性、表演性功能，人们期待黑暗中的光明——一个新政府的出现。

随着时代的变迁以及社会的发展，跨越时代的《茶馆》在今天仍然能够引起人们的共鸣和精神碰撞，证明了《茶馆》本身所具有的独树一帜的艺术价值，同时使我们更加深刻地认识到，只有共产党才能够救中国，才能够使人民实现真正的安居乐业、实现美好生活的愿景。

第五章
《茶馆》：一曲旧时代的葬歌

【我来品说】

1. 对于新时代而言，这部跨越三个历史时期的《茶馆》有什么价值？

2. 你认为，老舍将平民的生活展现在灯光下，有何艺术上的价值？

第六章 《正红旗下》：夕阳无限好

导读

在中国现当代文学作品中,有一部极其独特的佳作,那就是老舍未完成的杰作——《正红旗下》。这是老舍的一部自传体长篇小说,它宛如一部生动的历史教科书,描绘了清末满族旗人的生活状态。虽然小说最终没有完结,但并不影响其在文学史上的价值和意义,反而为读者和研究者留下了遐想的韵味。史承钧对其这样评价:"如果说《骆驼祥子》是老舍创作中的第一个高峰,《茶馆》是他的第二个高峰,那么《正红旗下》便应该是他的第三个高峰。虽然只是未完成的高峰。"[1]

---

[1] 史承钧.未完成的高峰:简论《正红旗下》.中文自修,1996(2).

第六章
《正红旗下》：夕阳无限好

　　《正红旗下》刻画了一个大家庭其乐融融的生活景象，似乎勤奋能干的父亲、贤惠淑德的母亲、懂事贤惠的大姐、多才多艺的福海二哥就是我们的家人。老舍对那段美好又不堪的往事，有追忆，也有批判。追忆是因为那些温馨、美好的往事再也回不去。同时，老舍的目的又不是这浮于表面的美好，其意在深刻揭露当时破败不堪的清廷，以及导致清廷一步步走向灭亡的根本原因。老舍笔下的平民百姓切实感受着彼时世界的变化。对于那段残灯末庙的历史，我们既要有理性的思考，又要带上一种人文关怀的感性。

　　老舍在作品中解决了读者"无法融入"的问题。他作为那段历史的亲身经历者，借助家族史叙事来纾解内心的家国之痛，把家庭故事毫无叙述痕迹地讲出来，将我们带入那个不堪的时代。无形中，我们仿佛就是那个时代的一分子。

语言大师
今|天|如|何|读|老|舍

记忆里的陈年旧事

中国作为拥有五千多年历史的文化大国,曾经历了以德化民的文景盛世、文教复兴的贞观盛世、疆域辽阔的开元盛世等,甚至秦汉时期的中国是当时世界上最强大的帝国之一。然而,帝国主义的侵略却导致中国逐步沦为半殖民地半封建社会,昔日的辉煌一去不复返,《正红旗下》刻画的正是那一段屈辱的国史。正是这一段不堪回首的时光,有着老舍难以割舍的悲痛记忆。

老舍看透了封建文化留下的弊害,同时又对哺育他成长的胡同、家人有着千丝万缕的眷念。他忘不了那时团结互助的各族人民,忘不了独特的传统文化,忘不了那时的苏式盒子,忘不了那条热闹的胡同,忘不了那个不太美好却富有生活气息和人情味的大家庭。老舍怀念那时各族人民的团结氛围,作品中通过描述"我"洗三礼和满月时王掌柜、金四叔、定大爷前来道贺,将各民族的团结表现得真实又亲切。与此同时,老舍又追念满族旗人的文化,他笔下的福海二哥可以说是"最完美"

第六章
《正红旗下》：夕阳无限好

的旗人形象：论"武"，他依然会二百多年以来旗人一直坚守的骑马射箭；论"文"，他不仅精通旗人文化，还对汉、蒙、回族的文化都有所了解。老舍还为福海二哥加了神来之笔——他是一名油漆匠，从而塑造了一个既不忘本又能适应社会发展的新青年。老舍还十分想念以前的饮食文化，他在文中多次提到姑母招待客人时会去买便宜坊的苏式盒子，阴天时就买大羊肚子或是烧羊脖子吃。老舍记忆中的除夕，是夹杂着爆竹声的买卖年货的大街，是充盈着剁饺子馅儿声的胡同，还有偶尔出现的追债声。这些都是老北京真实的生活气息。"怪不得英法联军直入公堂地打进北京，烧了圆明园！凭吃几份儿饷银的寡妇、小罗锅、小瘸子，和像大姐公公那样的佐领、像大姐夫那样的骁骑校，怎么能挡得住敌兵呢！"[1]依福海二哥的话来看，中国受欺负是因为旗人不作为。不过，也不是全部的旗人都"白吃饭"，也有伸张正义、竭力挽救中国的有思想有灵魂的人。老舍在描写十成竭力参加义和团运动时用了十足的笔墨："我"清晰地记得那件事发生在一个极热的下午，院里有两棵带绿叶的枣树、几棵草茉莉、一枝不开花的五色梅，还有飞来的一两只红色或黄色的蜻蜓，天上有小燕；连十成那散发着蓝靛味儿的褂子有多短、裤子有多长，都记得一清二楚。或许，

---

[1] 老舍.正红旗下//老舍全集：第8卷.修订本.北京：人民文学出版社，2008：476.

那时的老舍就预感到这件事确确实实值得详细记录。他详细地记录了人们苦口婆心地劝阻十成,十成却坚定地不肯放弃并大声反抗说自己什么也不怕的场景。最终,十成不顾老爹反对,誓死回家参加义和团运动。福海二哥一边对欺侮中国人的洋人恨之入骨,一边又纠结自己是旗人不该造反,但最终还是甘冒丢差事、消除旗籍甚至杀头的风险,倾其所有支持十成回家参加义和团运动。十成和福海的做法说明人民渐渐有了反抗意识,对于国家的沦陷再也不袖手旁观,暗示了整个国家的希望。

老舍之所以无法消除那段痛苦的记忆,是因为他在这不太美好的记忆中看到了希望。老舍的记忆就像是马上穿出隧道走向光明的大卡车,这辆卡车上写着:只要肯反抗,苦日子总会终结!他记忆中的大姐夫、大姐公公、多大爷只会在和平的日子里消磨,看不到国家的危难,他们没有意识到自己这颓靡的生活正在使国家一步步衰退。像福海、十成这样有上进心且欲与命运做斗争的人太少。老舍有着极敏锐的洞察力,他用力抨击那些得过且过的人,但同时给出一条出路——要么像福海那样另谋出路,要么像十成那样与外来侵略做斗争。我们的领袖毛泽东曾经说过"中华儿女多奇志,不爱红装爱武装",意思就是我们中华儿女看重的是精神风貌而不是外表的虚荣。人们只有充满精气神、有骨气,中国才能繁荣昌盛。由作品省自身,老舍在作品中提出的出路对于当今的我们来说就是:作为新时代新青年，要居安思危，在中国相对和平的年代时刻保持警惕，不再让历史悲剧重演。

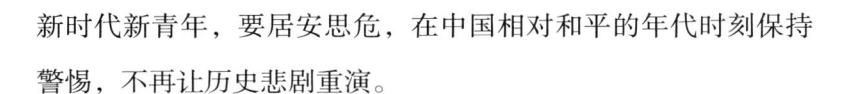

老舍出生于北京一个贫苦旗人家庭，一岁半丧父，襁褓之中的老舍的家曾遭八国联军中的意大利军人劫掠。老舍的一生经历了辛亥革命、国民政府成立、抗日战争、解放战争、新中国成立和"文化大革命"这些历史事件。

【经典品读】

《正红旗下》中对崇洋媚外风气盛行的描写

牛牧师接到了请帖。打听明白了定大爷是何等人，他非常兴奋。来自美国，他崇拜阔人。他只尊敬财主，向来不分析财是怎么发的。因此，在他的舅舅发了财之后，若是有人暗示：那个老东西本是个流氓。他便马上反驳：你为什么没有发了财呢？可见你还不如流氓！因此，他拿着那张请帖，老大半天舍不得放下，几乎忘了定禄是个中国人，他所看不起的中国人。这时候，他心中忽然来了一阵民主的热气：黄脸的财主是可以作白脸人的朋友的！同时，他也想起：他须抓住定禄，从而多认识些达官贵人，刺探些重要消息，报告给国内或使馆，提高自己的地位。他赶紧叫仆人给他擦鞋、烫衣服，并找出一本精装的《新旧约全书》，预备送给定大爷。

【我来品说】

> 你认为老舍在写本部作品时怀着怎样一种心态？

第六章

《正红旗下》：夕阳无限好

平常人的民族史诗

老舍的家族史是一部从名门望族到破落小户的"史诗"。清廷入关初年，作为正红旗人的老舍一家是享受特权的达官贵族。老舍的原名应该叫"舒穆禄·庆春"。根据老舍原来的姓——舒穆禄，我们可以往前追溯他一系列的家族史。根据资料《皇朝通志·氏族略·满洲八旗姓》记载，舒穆禄氏是辽、吉两省历史上的望族显姓，这个家族曾经显赫辉煌，尤其是出了一位大清的"开国元勋"——杨古利。《八旗满洲氏族通谱》卷六中记载："舒穆禄……为满洲著姓，而居库尔喀者尤著，自部长郎柱，翊戴，太祖高皇帝，时通往来。太祖厚遇之。命其子杨古利入侍，以公主降焉，其族最盛。"至此，老舍的远祖的身份地位可见一斑。由此推理，老舍的曾祖父、祖父应该身份高贵，甚至比小说中提到的穿着"发光"衣服的定大爷更加显赫。然而，皇恩不是永世绵延的，这个名门望族发展到老舍父亲这一代却变成了生活捉襟见肘的平民百姓。

老舍故居

第六章

《正红旗下》：夕阳无限好

舒穆禄氏,是辽、吉两省历史上的望族显姓,有8人在《清史稿》上立传,他们均系世居珲春库尔喀部部长郎柱的后人,如官至后金"八大臣"之一的杨古利,余者官至内大臣、散秩大臣、领侍卫内大臣、兵部尚书、刑部尚书、西安将军、荆州将军等。

老舍父亲这一代的衰败与整个家庭的颓靡风气有不可分割的关系。老舍的父亲永寿是隶属正红旗的一名护军甲兵,他的岗位职责便是在各个城门巡查。既然八旗被分成了"上三旗"和"下五旗",军队的高低贵贱也就显而易见,可见开国元勋的后代也沦落为了下层人。清朝末年时,老舍猜测是由于祖宗规定的制度逐渐弱化,不再强制规定一家人必须住在一起,所以其父亲与母亲成亲之后,就从营房中搬出来单过。其父亲阵亡之后,母亲依靠给别人洗衣服、缝补衣裳来养活一大家,带着孩子搬了两次家,越搬院子越小,房子也越矮。这一帧一幕,与先前祖上尊贵的形象差别巨大。

身为家族末世的亲历者,老舍在《正红旗下》中犀利地指出整个家族的弊病所在。父亲虽然地位不高,却也是一个老老实实谋事业的"打工人"。但是,老舍大姐夫一家的生活圈却真切地反映了舒家"一代不如一代"的堕落情态。老舍通过叙述家庭中鸡毛蒜皮的小事，用讽刺的语言描绘了任性妄为的姑奶奶、不求上进的大姐夫及大姐公公。面对家族衰落这无法挽回的悲剧，老舍表现出来的不仅是深深的悲哀，更有理性的思考。

正红旗：清代八旗之一。八旗是清代满族的一种军队组织和户口编制，以旗的颜色为号，有镶黄、正黄、镶白、正白、镶红、正红、镶蓝、正蓝八旗(正即整字的简写)，凡满族成员都隶属各旗。这是"满洲八旗"，后来又增设"蒙古八旗"和"汉军八旗"。八旗成员，统称"旗人"。

【经典品读】

《正红旗下》中对于老舍家庭贫困生活的描写

我同皇太子还是婴儿的时候大概差不多，要吃饱了才能乖乖地睡觉。我睡不安，因为吃不饱。母亲没有多少奶，而牛奶与奶粉，在那年月，又不见经传。于是，尽管我有些才华，也不能不表现在爱哭上面。我的肚子一空，就大哭起来，并没有多少眼泪。姑母管这种哭法叫作"干嚎"。

第六章

《正红旗下》：夕阳无限好

【我来品说】

> 1.通过对老舍家族逐渐没落的分析，你认为国家应当做出怎样的改变才能避免这种情况？
>
> 2.试析若照此形势发展下去，老舍的家族最终将沦落到什么地步？

然而，"二百多年积下的历史尘垢，使一般的旗人既忘了自谴，也忘了自励。我们创造了一种独具风格的生活方式：有钱的真讲究，没钱的穷讲究。生命就这么沉浮在有讲究的一汪死水里"[①]。这是老舍在《正红旗下》中的悲叹。虽是满人统治，汉人却占比例最大，入关二百多年的旗人深受汉文化的影响，原来的勇武善战之气退化殆尽，变得柔肤弱体。勇猛的满族人在安乐窝里消磨了斗志，开始对一些无用的小礼节讲究、对玩讲究。"玩"的讲究正如小说中提到的大姐夫父子，他们认为生活的意义就是要玩得细致、玩得考究，整日无所事事。且满族人对祭祀尤其重视，例如，腊月二十三日酉时，全北京的人，包括皇上和文武大臣，都在欢送灶王爷上天，每家院子里都摆关东糖，放鞭炮，为的是把灶王爷请到自家院中。老舍对这些

[①] 老舍.正红旗下//老舍全集：第8卷.修订本.北京：人民文学出版社，2008：462.

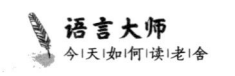

不干实事、只把希望寄托在根本不存在的灶王身上的人表现出复杂的无奈之感。

老舍在文中多次提起"养鸟""吟诗"之类的词，我们可以从中更加细致地了解到清末时期的社会景象：无论王侯将相，还是普通旗兵，都会玩弄乐器，精通二黄、单弦、大鼓，对养鸟、养鱼、斗蟋蟀也是行家，吟诗作词、画山写水更是不在话下，反而对摔跤、射箭、马射、马技等能派得上用场的技能不再上心。按理来说，他们应该是国家的支柱，但是他们却没有练习过骑马打仗，就这样在自己"和平安稳"的生活中持续颓废着。原本属于草原、有着强大战斗力和竞争力的满族人开始逐渐变得斯文起来。祭拜灶王的封建传统、颓靡的旗人生活，无疑都是满族人多年来无所作为留下来的痼疾。

"正红旗下"的悲剧从老舍自己的家族没落上升为满族文化的弱化、儒化。入关之初，清朝皇帝以及各大臣还会有意识地激发人们的斗志。康熙每年秋天都会亲自率领王公大臣、各级官兵一万余人进行大规模的"围猎"，每年的"围猎"活动让人们有了战斗力和精气神，那时的满族人是勇猛、强悍、威风的代名词。这与老舍在文章中描写的那种人们游手好闲、坐享其成的画面大相径庭。此时的老舍已经有了危机感，他害怕这个民族变弱。当我们看到作品中的那些只会吹拉弹唱、只会斗鸟的"大姐夫式"的人时，不由得好奇：到底是什么改变了他们的性格？

　　余秋雨在《一个王朝的背影》的最后感叹道："一个风云数百年的朝代，总是以一群强者英武的雄姿开头，而打下最后一个句点的，却常常是一些文质彬彬的凄怨灵魂。"[1]他感叹的是满族人统治下的清朝丢失了强悍野蛮的民族传统。老舍的意图正在于此，他看到了满族文化的"不对劲"，所以他花费了大量的笔墨写满族的文化、习俗。他印象中的满族人本应勇猛、豪气、生活在草原，但却因在京城受到汉儒文化的影响，骏马失去了纵横驰骋的天地，人们就开始变得斯文起来了。这个属于满族的舞台，终究还是落幕了。

　　《一个王朝的背影》是余秋雨的一篇散文，主要讲述的是中国封建社会最后一个朝代——清朝，以及有关这个朝代的几个皇帝的故事。作者以柔和的语气描述了康熙皇帝的雄才大略，并介绍了其他皇帝的功过得失。最值得注意的是，他把康熙皇帝与慈禧进行对比，发出了一个朝代兴衰荣辱的历史感叹。

---

[1] 徐宏杰.悠远的回响.合肥：安徽师范大学出版社，2018：147.

【经典品读】

> **《一个王朝的背影》中余秋雨对新文化出现的描写**
>
> 当新的一个世纪来到的时候,一大群汉族知识分子向这个政权发出了毁灭性声讨,民族仇恨重新在心底燃起,三百年前抗清志士的事迹重新被发掘和播扬。避暑山庄,在这个时候是一个邪恶的象征,老老实实躲在远处,尽量不要叫人发现。

老舍恨极了外国惨无人道的侵略。在老舍出生前夕,英法联军火烧圆明园、甲午海战、戊戌变法等政治军事事件直接动摇了中国在世界上的地位。"在太平天国、英法联军、甲午海战等等风波之后,不但高鼻子的洋人越来越狂妄,看不起皇帝与旗兵,连油盐店的山东人和钱铺的山西人也对旗籍主顾们越来越不客气了。"[①]小说用短短几句话巧妙地呈现了外来侵略给旗人带来的影响,同时间接揭露了当时洋人的猖狂以及中国人的懦弱无能。老舍清晰地记得王掌柜在北京开了几十年的肉店因后起的肉铺而时开时闭,连多年的老字号都变得不景气,"洋店"如雨后春笋般涌上市面;在自己国家活不下去的牛牧师来

---

① 老舍.正红旗下//老舍全集:第8卷.修订本.北京:人民文学出版社,2008:468.

第六章
《正红旗下》：夕阳无限好

到中国开教堂，随意宣传愚昧的文化，使中国受到了外来糟粕文化的毒害。在老舍的描绘下，我们仿佛正在遭遇帝国主义的经济和文化侵略。

《正红旗下》是老舍历史眼光和个人经历的完美结合。老舍曾说，他从开始文学创作起就产生了描写北京下层旗人生活命运的悲剧意识与创作冲动，这是老舍心中被压抑的"满族情结"。终于，《正红旗下》的创作使得老舍得到了宣泄这种积压已久的情结的机会。小说以老舍本人的经历为第一视角，描绘了一个以"我"为中心的完整的家庭圈，不动声色地揭露了当时的社会状态，展开了家殇、民族衰落和国难的三重悲剧。

现代文学作家中还有不少作家经历过家道中落，如鲁迅、巴金、朱自清。他们的作品言在家庭琐碎，而意在批判某种思想或现象，反映的也只是一个普通小康家庭由盛转衰的内在弊端。而老舍面临的是更为复杂的舒氏家族的败落。从正红旗贵族到平民百姓的人生经历，从金玉满堂到室徒四壁的落差，使老舍能够远较常人更深切地感受到社会的弊端。像老舍这样刻画家族由繁盛转向凋敝的还有一部巨作——《红楼梦》，两者的共同点在于都执着于描绘自己家中的零星琐事，《正红旗下》稍有不同之处在于它的家庭圈没有《红楼梦》那样广泛。《正红旗下》是对一个家族由盛转衰的自省，愈来愈落魄的家族又映射了一个逐渐凋零的民族。

老舍的《正红旗下》不仅是一种怀旧的民俗风情描写，而且在其中寄托着深刻而沉痛的对民族性的反省与批判。残灯末庙般的满族人预示着这个国家正在走向衰败。

【我来品说】

> 通过老舍对家里人"讲究"的描述，请你试着列出"有钱的真讲究，没钱的穷讲究"的其他"讲究"生活。

第六章
《正红旗下》：夕阳无限好

未完成的艺术杰作

老舍是满族旗人，有写满族文化的先天优势，那他为什么一直拖到晚年才开始写作《正红旗下》？新中国成立以前，老舍因自己是满族旗人而感到羞愧（因为清政府曾向列强割地赔款），后来是因毛主席和周总理对满族充满敬佩之意，才改变了他对旗人的认识。《正红旗下》是老舍重新认识满族和旗人的转折点，但是因为种种原因，作品还未完成就被迫停笔。正是因为作品创作于老舍的晚年时期，这时的老舍思想成熟且中立、宽容、温和，才成就了这部"一读笑，再读哭"的巨作。《正红旗下》停留在了老舍写作思想最成熟的时期，无疑是一种缺憾；但也正因为此时的老舍最成熟，《正红旗下》才得以被学界盛赞为当代中国少数民族文学的优秀创作。

"红旗"落下透露出老舍对被时代淘汰的伤感，又蕴含着老舍对悲剧落幕的窃喜。老舍用《正红旗下》中的"下"字告诉读者清朝在走下坡路，并一步步走向终点。老舍用极温和的语气把这个慢慢"烂掉"的清朝刻画得淋漓尽致，让人读起来回味无穷。作品的未完成恰好给了读者一个为故事"画句号"的机会,但人们的意犹未尽之感极其强烈,不得不为它的未完成而感到惋惜。这种让人既惋惜又赞叹的矛盾之感,正是促使我们深刻领悟作品的伟大、独特之处的力量所在。

【经典品读】

《正红旗下》片段

定大爷微微有点急切地说:"大清国为什么……啊?"凡是他不愿明说的地方,他便问一声"啊",叫客人去揣摩。"旗人,像你说的那个什么多,啊?去巴结外国人?还不都因为幼而失学,不明白大道理吗?非办学堂不可!非办不可!你就办去吧!我看你很好,你行!哈哈哈!"

"我,我去办学堂?我连学堂是什么样儿都不知道!"二哥是不怕困难的人,可是听见叫他去办学堂,真有点慌了。

史承钧之所以说《正红旗下》是老舍的第三个高峰,是因为老舍对这个糟糕的朝代乃至社会并没有全盘否定,他对这个社会保留了许多温情。老舍认为,清朝的灭亡并没有把满族的文化一同消灭,他仍然眷恋着多彩的满族文化,也愿意花笔墨写这些文

第六章
《正红旗下》：夕阳无限好

化。他的这种不犀利、这种包容胸怀不能不让人为之赞叹。老舍在《正红旗下》中毫不吝啬地抒发自己对亲人、对民族、对昔日时光的诗一般的情感。他时常将镜头拉到自家庭院，这个大庭院中发生了太多的故事，每个人都让他记忆犹新。他钦佩母亲的勤劳贤惠、同情恪守妇道的大姐、欣赏自食其力的福海二哥，又无奈于姑母的虚荣吝啬、嘲讽尖酸刻薄的大姐婆婆。但是，不管这个人是好是坏，老舍都在用心地以幽默的笔触来叙述他（她）的故事，这是他对曾经陪他经历过喜怒哀乐的亲人眷恋的体现。

老舍用了大量笔墨展现满族的礼节文化。满族人十分讲究规矩礼节，小说中也以福海二哥为载体描述了一套周到的见面礼仪，他的礼仪较为复杂一些——"先看准了人，而后俯首急行两步，到了人家的身前，双手扶膝，前腿实，后腿虚，一趋一停，毕恭毕敬……而后，从容收腿，挺腰敛胸，双臂垂直，两手向后稍拢，两脚并齐'打横儿'"[1]。这一套礼仪极其复杂，见面行握手礼的老舍之所以这样详细描写，除了刻画满族传统之需，更多的是要流露自己对满族礼仪的眷恋。老舍对满族文化的情怀还体现在"面子"文化上。满族人摆酒席请客吃饭是经常的，在伺候亲戚时主家宁愿"活受罪"也要保住面子。为了在各种亲友聚会的场合表现得体，必须事前做好充分

---

[1] 老舍.正红旗下//老舍全集：第8卷.修订本.北京：人民文学出版社，2008：473.

的准备，尤其是外在的那些礼节。老舍说各种"聚会"节日都是"艺术的表演竞赛大会"①，尤其到了婚丧大典之时，更要表演得精彩，家里的媳妇连笑声的高低、请安的深浅都必须恰到好处，不能给家里人丢面儿。前前后后，《正红旗下》用了大量篇幅叙述人们的待客之礼，以至于读起来让人感到烦琐，甚至有些读者从内心深处排斥它。老舍当然不会故意让人反感，他表面上在批判这种虚伪又老套的礼数，背后却是他对周到的满族礼节深深的自豪感。

老舍也留恋那条大街、那条小胡同，留恋昔日穷困却温馨的时光。他还详细了解到自己出生的三天前，姑母买的"真正的关东糖"②只有几块，而什锦南糖却有足足一斤。本是胶东人的王掌柜，初来北京时对旗人的文化不以为然，看不惯旗人赊账买肉，但后来因在京生活了几十年，竟会主动建议赊账："假若他们来买半斤肉，他却亲热地建议：拿只肥母鸡！看他们有点犹疑，他忙补充上：拿吧！先记上账！"③人们团结，生活平淡却美好，这就是老舍回不去的童年、忘不掉的记忆。

幽默是老舍一个人的标签，悲剧却是一个时代的悲剧。老

---

① 老舍．正红旗下//老舍全集：第8卷．修订本．北京：人民文学出版社，2008：463．

② 同① 456.

③ 同① 493.

第六章
《正红旗下》：夕阳无限好

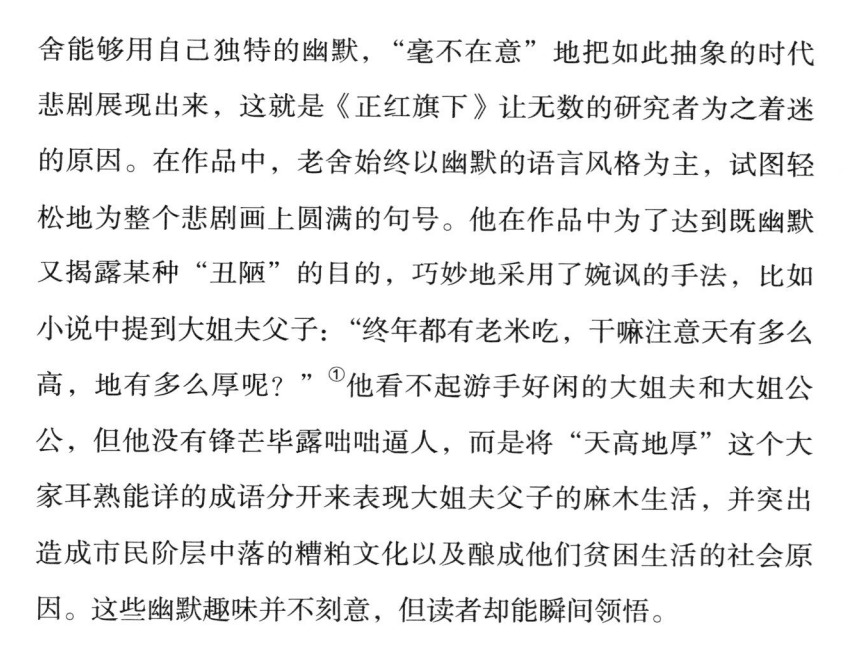

舍能够用自己独特的幽默，"毫不在意"地把如此抽象的时代悲剧展现出来，这就是《正红旗下》让无数的研究者为之着迷的原因。在作品中，老舍始终以幽默的语言风格为主，试图轻松地为整个悲剧画上圆满的句号。他在作品中为了达到既幽默又揭露某种"丑陋"的目的，巧妙地采用了婉讽的手法，比如小说中提到大姐夫父子："终年都有老米吃，干嘛注意天有多么高，地有多么厚呢？"[1]他看不起游手好闲的大姐夫和大姐公公，但他没有锋芒毕露咄咄逼人，而是将"天高地厚"这个大家耳熟能详的成语分开来表现大姐夫父子的麻木生活，并突出造成市民阶层中落的糟粕文化以及酿成他们贫困生活的社会原因。这些幽默趣味并不刻意，但读者却能瞬间领悟。

老舍的语言轻松幽默，但当他看着这个将要衰败的王朝时，又难以掩饰沉重的心情，因此幽默中夹杂的悲伤之感也随处可见，故可将老舍的语言风格概括为"幽默中的悲哀"。他所呈现的幽默不是单纯为了提供笑料，而是为了反映某种现实意义。创作《正红旗下》是老舍在新的社会背景下站在新的时代高度进行回忆，以包容的心态轻松地认识过去，因此小说洋溢着对生活的希望。但是，家道中落的人生经历作为老舍人生道路上的一个生命印痕，对他有着深远的影响。这种命运给老

---

[1] 老舍.正红旗下//老舍全集：第8卷.修订本.北京：人民文学出版社，2008：458.

舍留下了挥之不去的心理症结，使他的写作世界始终隐含着一个破败家庭的结构图景，文学叙述也充满批判，形成了现代文学的某种悲剧特质。

《正红旗下》里老舍的幽默非常新奇，那是一种同情的幽默。冰心曾这样评价老舍："我感到他的作品有特殊的魅力，他的传神生动的语言，充分地表现了北京的地方色采，本地风光；充分地传达了北京劳动人民的悲愤和辛酸，向往与希望。"[1]老舍带着同情心、同理心去叙人叙事，将人物的辛酸遭遇掩藏在表面轻松的幽默之下，将可悲的事情以可笑的形式与语言表现出来。以幽默现悲哀，以幽默掩严肃，这是老舍在小说中的独到之处。例如，在"我"的"洗三"宴会上："大家似乎都忘了礼让，甚至连说话也忘了，屋中好一片吞面条的响声，排山倒海，虎啸龙吟。二哥的头上冒了汗：'小六儿，照这个吃法，这点面兜不住啊！'小六儿急中生智：'多兑点水！'"[2]此处将穷人聚会的场面体现得淋漓尽致，读者看第一遍时无疑都会哈哈大笑，但是越体会越心酸，"排山倒海，虎啸龙吟"足见人们的生活是多么艰苦，主家为了有面子却又不得不"多兑点水"，突显出人们被传统礼仪禁锢之深。

---

[1] 冰心. 老舍和孩子们. 人民戏剧，1978（7）.

[2] 老舍. 正红旗下// 老舍全集：第8卷. 修订本. 北京：人民文学出版社，2008：487.

洗 三

"洗三"是中国古代诞生礼中非常重要的一个仪式。婴儿出生后第三天,要给婴儿洗澡,这就是"洗三",也叫作"三朝洗儿"。"洗三"一是为了洗涤污秽,消灾消难;二是为了祈祷求福,图个吉利。

【经典品读】

"洗三"的经典画面

小六儿聪明:看出烙饼需要时间,就拿回一炉热烧饼和两屉羊肉白菜馅的包子来。风卷残云,顷刻之间包子与烧饼踪影全无。最后,轮到二哥与小六儿吃饭。可是,吃什么呢?二哥哈哈地笑了一阵,而后指示小六儿:"你呀,小伙子,回家吃去吧!"我至今还弄不清小六儿是谁,可是每一想到我的洗三典礼,便觉得对不起他!至于二哥吃了没吃,我倒没怎么不放心,我深知他是有办法的人。

语言大师
今|天|如|何|读|老|舍

【我来品说】

> 你认为造成"排山倒海,虎啸龙吟"场面的根本原因有哪些?

《正红旗下》之所以被称为杰作,不管是因老舍在作品中的宽容,还是因他的幽默,以上所述皆是《正红旗下》在文学上被赋予的价值,而老舍为自己的家族"正名"是本作品的隐含价值。老舍是正红旗的旗人,有资料表明他之所以创作此小说,是为了给自己的家族正名:按照中国人的传统,人们很看重自家家谱,非常注重保存和续写家族的族谱。可是由于种种原因,老舍家的族谱在父亲舒永寿的时候就遗落了,所以,老舍希望通过《正红旗下》这部自传体小说来重新记录自己正红旗下满族的家谱,并为自己的家族正名。为了真实地记录正红旗家族的生活,他毫不避讳地把自己的亲身家庭经历以及每一个家庭人物作为素材写进小说里,不仅大方地说出自己的民族身份——"我们穷旗兵们"[①],还把"铁杆庄稼""月饷"等满语写进小说。

老舍在《正红旗下》中实现了他的夙愿:描写满族旗人文

[①] 老舍.正红旗下//老舍全集:第8卷.修订本.北京:人民文学出版社,2008:462.

化、批判没落的王朝、怀念亲眷、为家族正名……又为人们提供了一个了解满族文化的依据。《正红旗下》是一部超越时间和空间的经典之作!

古人说:"慎终追远,民德归厚矣。"中国人重孝道,最根本的是讲求慎终追远,饮水思源,不忘血脉传承,不忘祖宗先人。寻根问祖,是中国的文化传统,中国人自古重视家的根系源流。家谱,延续着家族的血脉,更传承着祖上的遗训和期望,一代代地接续,或绵延家风。或与时俱进,而为人孝悌,始终是治家的根本。

第七章 日常生活的全景展示

导读

老舍之所以被称为"平民大师",是因为从他的创作中可以看到其对人民日常生活的全景描写。那么,老舍是怎样贴近人民,在文学中重现日常生活,又是以怎样的方式将日常生活审美化的?也许从他充满京味儿的风俗描写、笑中含泪的幽默风格以及雅俗共赏的语言特色中可以找到答案。

第七章 日常生活的全景展示

地道纯正的京味儿风俗

"文学的基本土壤或者说依托,就是城市。"[①]城市与文学是密不可分的,每一座城市都能以其独特的魅力,对身处其中的作家及其创作产生不小的影响。所以,在某种程度上可以说,巴黎造就了波德莱尔;同样,北京也培育了老舍。北京是老舍的生存空间,是他的生命之源,也正因其重要性而成为他文学创作的生命场,从而造就了其创作的"京味儿"风格。老舍作品中那些地道纯正的京味儿风俗就来源于这座城市,同时也是对北京城的艺术再现。

社会民俗即礼俗。中国向来被称为礼仪之邦,北京又是千年帝都,自然保留着各种民族礼节。老舍是从北京走出来的"八旗"作家,一方面深受城市文化的熏陶,另一方面也自觉地继承了"入境观其风俗"的文人传统,于文学创作中细致描绘了这座历史古城的风习民俗。他笔下的老北京人,小至日常

---

① 艾莲.改革开放30年中国城市文学发展论略.成都大学学报(社会科学版),2008(5).

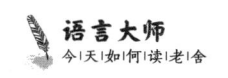

交往，大至人生礼俗，处处都有规矩讲究。

首先是日常生活中的诸多礼节，这是满族人非常重视的。《茶馆》里松二爷的问候："王掌柜，你好？太太好？少爷好？生意好？"[1]明明可以用一句简单的"都挺好？"代替，偏偏将其烦琐化，这背后体现的是满族人周到细致的问候礼仪。但是，满族人最具代表性的礼仪规范不是这类口头问候，而是请安礼。"先看准了人，而后俯首急行两步，到了人家的身前，双手扶膝，前腿实，后腿虚，一趋一停，毕恭毕敬。"[2]福海因为请安请得好看而颇受大家的喜欢。而且，见面请安不只是在特定场合的问候礼仪，也是日常生活中的见面礼。《茶馆》里的黄胖子虽然眼睛不好，但是这并不影响他请安。他在看不清楚对象的情况下进门就请安的行为说明了这一礼节在满族人生活中的普遍性。甚至到了国家危亡之际，满族人也不会忘记见面向别人请安，常四爷就是如此。而且不只是满族人，其他生活在帝都的老北京人也受到了他们的影响。《四世同堂》中的汉人祁老人早已在与满族人的朝夕相处之间学到了许多规矩礼数。比如，在他看来，儿媳妇看见公公，一定要"垂手侍

---

[1] 老舍.茶馆//老舍全集：第11卷.修订本.北京：人民文学出版社，2008：285.

[2] 老舍.正红旗下//老舍全集：第8卷.修订本.北京：人民文学出版社，2008：473.

第七章 日常生活的全景展示

立"①。可见，在北京，不论是满族人还是汉族人，都遵守着一定的日常交往礼节。

其次，在北京，人们还非常重视大大小小的人生礼俗，比如庆周岁、贺满月以及祝寿等，老舍在小说中就描写了许多庆祝诞生和寿辰的场景。北京民间有"洗三"的说法，也是诞生仪式的一种，在婴儿出生的第三天举办。"先洗头，作王侯；后洗腰，一辈倒比一辈高……"②百姓的大张旗鼓，体现的是他们对子孙后代的重视与爱护。其实，不只是"洗三"，满月酒、周岁宴等盛大席面本身都寄托着父辈对于下一代的殷切期望和衷心祝愿。再者就是祝寿，《四世同堂》中人们对祁老人生辰宴的重视程度代表了大多数的北京人。祁老人自己在那天要盛装出席；除了隆重的穿着，他还要提前准备好要对亲友们说的话、对小辈们的嘱托，仿佛他准备的不是生辰宴，而是一场盛大的国宴。不只是祁老人自己，其他人也是如此。对于因外出抗日而无法及时归来的瑞全，韵梅的态度是不理解的。在她看来，再没有比为长辈祝寿更重要的事了。从他们的种种表现中足以窥见北京人对祝寿礼的重视。

---

① 老舍.四世同堂//老舍全集：第4卷.修订本.北京：人民文学出版社，2008：4.
② 老舍.正红旗下//老舍全集：第8卷.修订本.北京：人民文学出版社，2008：490.

无论是见面时的问候、请安，还是盛大的诞生礼和祝寿礼，都浸透着满满的京味儿。这种京味儿更多的是指老北京的传统味儿，即讲规矩、重礼节。它不仅早已深入人心，而且几乎覆盖了所有的北京人；即使是城内的小商小贩，甚至目不识丁的农民，也都十分讲究风度。究其根本，这种深刻性和广袤性是由传统的伦理道德发展演化来的民族文化遗风使然。规矩礼节的本质是用秩序与礼维护封建伦理道德和社会稳定，而作为封建政治文化中心的北京自然一马当先，身处其中的北京人也在恪守和约束中延续着这些风习民俗。

历史将北京推上了千年帝都的权威位置，但秩序与礼并不能掩盖这座城市的温情。如果说老舍小说中的各种礼俗体现的是北京的传统味儿，那么那些娱乐民俗则包蕴了北京的人情味儿。小小的茶馆之中汇聚的是来自各个阶层的人，他们之所以集中于此，是出于同一个目的——娱乐。这里的娱乐不是贪图享乐，而是寻求超越基本生存需求的精神安慰，其方式无外乎喝茶、逗鸟、聊天，看似普通无常，但每个人都能借助这些休闲小事暂时摆脱身份、地位、财富等一切现实束缚，找到使身心舒适的位置，享受片刻的轻松。不同于繁文缛节和盛大的仪式对人的包裹与约束，北京茶馆中的娱乐是为了给人解绑。在这里，物质的失效让人们得以回归简单与本真，他们彼此之间以赤裸的灵魂相对，流露出的情感也是空前真挚的，所谓人情味儿指的也就是这种机巧不用的人文情怀。

然而,不论是充满传统味儿的礼俗,还是拥有人情味儿的娱乐,都是由北京这座城市孕育而成的,蕴含的是满满的京味儿。而这些地道纯正的京味儿风俗也正是在老舍的笔下才得以重塑,变得耐人寻味。

【我来品说】

> 除了传统味儿和人情味儿,从老舍作品中的京味儿风俗中你还能读出哪些不一样的味道?

笑中含泪的幽默风格

曹禺曾对老舍作品中的幽默做出了极高的评价，认为他足以与美国的马克·吐温齐名。要知道，马克·吐温及其作品中的幽默特色无论是在美国还是在国际上都享有盛誉。而且不只是曹禺，胡风、樊骏、郭沫若等人也做出过类似的评价。能这般引得众人称赞，可见老舍的幽默绝不仅仅是讲几个普通的笑话那么简单，它一定有不同于他者的出彩之处，而这出彩之处是笑中含泪、喜中有悲。

老舍作品中的喜剧性体现在对人物外貌神态、行为举止、心理活动等的夸张、变形以及叙述语言的戏谑上，这种叙事特色初步形成于英国。老舍旅英期间，工作体面、收入稳定，可以算得上吃喝不愁。在这种轻松的生活和心理状态下，他又阅读了大量的英国幽默文学，从而促成了《老张的哲学》等一些具有强烈喜剧效果的小说的诞生。作为老舍写作的试水，《老张的哲学》体现的是比较纯粹的幽默风格，其幽默性主要表现在对老张形象的塑造上。

关于老张的外貌，作者用了"脊椎动物"、"小猪眼睛"、鼻子像"倒挂的鸣蝉"、嘴像"夹馅的烧饼"[①]等字眼，在生动形象地突出了其特点的同时，也将人物的外貌夸张到了极致。在老舍笔下，人已经失去了其作为人的特征，而与动物相似，这种夸张和变形使人物变得滑稽可笑。至此，作者还未停止他的叙述，最后那句对老张的语言描写才是最大的笑料——老张自夸道："鼻翅掀着一些，哼！不如此，怎能叫妇人们多看两眼！"[②]丑而不自知，是老舍站在上帝视角对人物的戏谑，这种戏谑的叙述视角让他与人物拉开了距离，也让老张成为读者眼中的小丑。

【经典品读】

> **《老张的哲学》中关于老张外貌的描写**
>
> 老张的身材按营造尺是五尺二寸，恰合当兵的尺寸。不但身量这么适当，而且腰板直挺，当他受教员检定的时候，确经检定委员的证明他是"脊椎动物"。……两道粗眉连成一线，黑丛丛的遮着两只小猪眼睛。一

[①] 老舍.老张的哲学//老舍全集：第1卷.修订本.北京：人民文学出版社，2008：6.

[②] 同①.

语言大师
今天如何读老舍

> 只短而粗的鼻子，鼻孔微微向上掀着，好似柳条上倒挂的鸣蝉。一张薄嘴，下嘴唇往上翻着，以便包着年久失修渐形垂落的大门牙，因此不留神看，最容易错认成一个夹馅的烧饼。左脸高仰，右耳几乎扛在肩头，以表示着师位的尊严。

关于老张的性格，小说一开始就通过洗澡这件小事对之进行了喜剧性的概括。对正常人而言，洗澡是日常必需的事，可老张"平生只洗三次澡"[1]，此行为不免使人怀疑他也许居住在水资源匮乏的地区，或者经济困难，然而下一秒老舍就打翻了这些设想。老张很富有，营商、当兵、办学堂，生活的地区也有清水池塘，之所以只洗三次澡，完全是为了省钱。一个生活条件不错的人竟然连洗澡这样花费甚微的事情都不舍得去做，其吝啬程度可见一斑。但这还远远不够，老张甚至连自己死后洗尸的费用也要提前计划好。他打算，如果那时羊肉便宜，就按回族的丧仪招待前来吊唁的亲友，相比用猪肉请客，会省下来不少钱，如此一来就有了洗尸的款项。不只是洗澡，老张

---

[1] 老舍.老张的哲学//老舍全集：第1卷.修订本.北京：人民文学出版社，2008：3.

第七章 日常生活的全景展示

连口渴了都不舍得花钱，而是循着城根去喝护城河的水。老张对自己尚且如此，更不用说对别人。为了省钱，他常常让妻子"少吃饭，多喝水"。诸如此类的种种极端行径让人既难以置信，又忍俊不禁。老舍通过以上漫画式的描写将老张的吝啬塑造到了极致，而这种使之异于常人的夸张和变形正是人物的滑稽可笑之所在。不只是《老张的哲学》，老舍在后来的作品，诸如《抱孙》《开市大吉》中，依旧通过此类手法营造喜剧氛围，这进一步说明了夸张和变形的描写以及戏谑的口吻就是老舍作品中幽默风格的主要实现途径。

然而，老舍并非为笑而笑，虽然《老张的哲学》是他的试水之作，幽默效果明显，但其中依然有讽刺与批判。老张在自己"钱本位"哲学思想的指导下作恶多端，例如：要求学生只能在自己开的商店买用品点心，以此赚取钱财；虐待妻子；买卖妇女；强娶豪门女子李静；卖鸦片；放高利贷……这一为非作歹的恶棍形象是老舍赋予的，本身就含有批判的情感趋向。包括对老张外貌的变形描写，也隐藏着作者对其动物性欲望的讽刺。因此，招笑不是目的，在笑中讽刺老张的可耻行径，展现身处恶势力压迫下的北京市民的困苦生活，才是主旨所在。这样一来，由于后者的悲，对于前者的笑也显得不那么纯粹，相反沾染上了一种苦涩之味。

如果说"苦笑"在《老张的哲学》中表现得并不怎么突

出，那么其在老舍后来的作品《抱孙》《离婚》里可以说展现得淋漓尽致。以前者为例，老舍一如既往地延续了他的喜剧风格："儿媳妇大概是因为多眨巴了两次眼睛，小产了！""被窝的深处能扫出一大碗什锦来。"[①]依旧是夸张和戏谑的口吻。但与之前不同的是，幽默中多了些讽刺，喜剧中蕴含着悲剧。王老太太一直盼望着抱孙子，但由于她的愚昧，孙子和儿媳相继死亡。尽管如此，她思想上也并未发生任何改变，反而要和医院打官司，扬言要为死者报仇。小说前半部分是幽默的，王老太太的风风火火虽然滑稽可笑，但并未造成什么严重后果。但是，儿媳和孙子的死使她之前的所有行径瞬间变得荒诞不经，王老太太最后高喊报仇是她愚昧思想的终极表现。至此，可以看出，虽然作者的口吻依然是幽默的，但与之前由描写无知行为本身而产生的喜剧效果不同，此时的幽默是一种黑色幽默。王老太太的愚昧仍旧是招笑的，但由此造成的死亡悲剧让笑中带了泪，可笑的同时又很可悲。高喊报仇的其实正是杀人凶手，这种荒诞背后是老舍对封建愚昧思想的讽刺与批判，也正因这种严肃性的主旨，小说中的幽默变得沉重。

---

① 老舍.抱孙//老舍全集：第7卷.修订本.北京：人民文学出版社，2008：91.

【我来品说】

1. 老舍为什么要对老张和王老太太这两个人物形象进行夸张和变形，他叙述中的戏谑口吻是对二者的嘲笑吗？

2. 老舍的幽默和讽刺与鲁迅相比，有何不同？

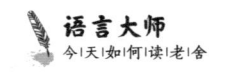

雅俗共赏的语言艺术

老舍被称为"平民大师"。循着大师与平民的思路，不难发现，他在彼此对立的雅与俗之间搭建起了一座桥梁。老舍的语言没有片面追求欧化，相反拥有一种本土色彩——浓郁的北京韵味。在实现了通俗化的同时，老舍又保留甚至强化了语言的审美性，从而达到了一种雅俗共赏的阅读效应。

一方面，老舍成功地把"五四"以来的语言从欧化难懂的困境中解脱出来，实现了语言的本土化转向。即使不知道老舍是北京人，仅读他的作品也能明了这一点，原因就在于他对北京方言的精确运用。老舍善于从方言和日常口头语中提炼出富有表现力的词加入自己的文学创作，这对文学的本土化转向起到了决定性的作用。关于方言的使用，诸如"行市""嚼谷""高招儿"等都是北京人经常使用的名词，这些词语的融入使得作品变得平实亲切又清新自然，不会让中国读者产生读欧化文字时的距离感。

如果说方言名词的艺术效果是亲切，那么方言动词就是形象生动。《柳家大院》写的是一群北京底层平民的生活。大院里的人是苦人中的苦人，极穷之人往往也是极恶的，但这里的恶不是利益争夺，而是从传统偏见和文明畸变中生发出的人性恶。书写植根于中国传统文化的人性恶，自然要使用本土词汇，"穷嚼""狗着"都是北京口语动词，其优点不只是通俗，更在于形象。常言道，可怜之人必有可恨之处，穷人之所以一直是穷人，与其自身的狭隘性和落后性有很大关系，"穷嚼"与"狗着"都生动地揭示了他们的陋习。明明欠着两个月的房租，眼看就要朝不保夕，张二非但不努力赚钱养家，反而一有空总是拉东扯西，"穷嚼"表达的正是这种"越穷越颓废，越颓废越穷"的恶性循环。"狗着"则更具讽刺意味，老王和儿媳同为穷苦人，二妞和嫂子同为身处男性权威下的女性，然而老王和二妞不仅不对小媳妇抱以同情，反而拳脚相向地苛待于她，这种坏源于他们"狗着"了。"狗着"——既像哈巴狗一样地巴结有钱人，又像恶狗一样地对待穷人，该词本身就极具讽刺性。看似简单的两个方言动词，揭露的却是中国底层人民的陋习，其中也暗含作者的批判倾向。

另一方面，老舍的语言在俗白易懂中又不失风雅与美感，而且蕴含着哲思。老舍善于用语言打造一幅幅充满诗意的美丽画卷。比如《老张的哲学》中就有非常出彩的景物描写："西边一湾绿水，缓缓的从净业湖向东流来……桥东一片荷塘，岸际

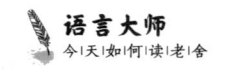

圈着青青的芦苇,几只白鹭,静静的立在绿荷丛中……一阵阵的南风,吹着岸上的垂柳,池中的绿盖,摇成一片无可分析的绿浪,香柔柔的震荡着诗意。"[①]水的动,芦苇与白鹭的静,动静结合的景色既给人生机之感,又营造了一种宁静的氛围。而绿水、青苇、白鹭的色彩组合又为这份生机与宁静增添了一分清新,极具诗意和美感。《四世同堂》里,钱默吟曾对瑞宣说:"我们必须像一座山,既满生着芳草香花,又有极坚硬的石头。"[②]简单的比喻中蕴含的是深刻的哲理,意在说明一个人不仅要有自己的信念与理想,也要有敢于坚持信念、追求理想的顽强意志。语言虽然简单,但并不空洞,反而能给人以启迪与深思。

可以看出,老舍很好地化解了市民与精英的言语差别。原因就在于他既理解精英知识分子的焦虑和愿望,同时也体会到贫苦大众生存的艰辛,所以将雅和俗统一在了他的文字里,让知识分子和普罗大众互相看到了对方的内心,用两个阶层都熟悉而又满意的语言铸造出了最具中国气派的现代文学。

[①] 老舍.老张的哲学//老舍全集:第1卷.修订本.北京:人民文学出版社,2008:43.

[②] 老舍.四世同堂//老舍全集:第5卷.修订本.北京:人民文学出版社,2008:633.

【我来品说】

1. 你如何定义文学语言的"雅"与"俗"？
2. 除了具有绘画美和富含哲思，老舍语言中的"雅"还体现在哪些方面？

图书在版编目（CIP）数据

语言大师：今天如何读老舍 / 石小寒著. -- 北京：中国人民大学出版社，2023.10
（今天如何读经典／刘勇，李春雨主编）
ISBN 978-7-300-31820-2

Ⅰ. ①语… Ⅱ. ①石… Ⅲ. ①老舍（1899-1966）-文学研究 Ⅳ. ①I206.6

中国国家版本馆CIP数据核字（2023）第110102号

今天如何读经典
刘　勇　李春雨　主编
语言大师：今天如何读老舍
石小寒　著
Yuyan Dashi: Jintian Ruhe Du Laoshe

出版发行	中国人民大学出版社		
社　　址	北京中关村大街31号	邮政编码	100080
电　　话	010-62511242（总编室）	010-62511770（质管部）	
	010-82501766（邮购部）	010-62514148（门市部）	
	010-62515195（发行公司）	010-62515275（盗版举报）	
网　　址	http://www.crup.com.cn		
经　　销	新华书店		
印　　刷	天津中印联印务有限公司		
开　　本	890mm×1240mm　1/32	版　次	2023年10月第1版
印　　张	6插页1	印　次	2023年10月第1次印刷
字　　数	105 000	定　价	36.00元

版权所有　　侵权必究　　印装差错　　负责调换